大美中国

大中国

假如我们不曾相遇

沈琳　林海蓓◎著

三环出版社
SANHUAN PUBLISHING HOUSE

图书在版编目（CIP）数据

假如我们不曾相遇 / 沈琳，林海蓓著 . -- 海口：
三环出版社（海南）有限公司，2024. 9. --（大美中国
）. -- ISBN 978-7-80773-317-1

Ⅰ . I267

中国国家版本馆 CIP 数据核字第 2024XE7158 号

大美中国　假如我们不曾相遇
DAMEI ZHONGGUO　JIARU WOMEN BUCENG XIANGYU

著　　者	沈　琳　林海蓓
责任编辑	劳如兰
责任校对	郑俊云
装帧设计	吕宜昌
出版发行	三环出版社（海口市金盘开发区建设三横路 2 号）
	邮　编 570216　邮　箱 sanhuanbook@163.com
社　　长	王景霞　总编辑 张秋林
印刷装订	三河市同力彩印有限公司
书　　号	ISBN 978-7-80773-317-1
印　　张	13
字　　数	150 千字
版　　次	2024 年 9 月第 1 版
印　　次	2024 年 9 月第 1 次印刷
开　　本	690 mm × 960 mm　1/16
定　　价	68.00 元

假如我们不曾相遇

都说人生是一场旅行。的确，在我们的一生中，向往过、到达过许多不同的地方；渴望过、偶遇过形形色色的人；寻找过、品尝过各具风味的美食。这些地方的风土人情、一山一景、一花一木、风味小吃，无不印在我们的脑海里。也许所见的一切不能够时时刻刻浮现在眼前，可是它们会在不经意间突然闪现，熟悉的场景、相似的味道、迥然不同的感觉……让你觉得人生是那么丰富，生命是那么可贵，生活是那么美好。而所有这一切，又会让人产生一种猜想：假如我们不曾相遇，我们的人生又会是怎样的？

我们总是在路上。也许是一个小镇，也许是一片大海；也许是一座名山，也许是一个圣地；也许是一羹一饭，也许是……这些留下过我们足迹的地方，曾经有许多人来过，也将会有更多的人到来。我们用笔、用镜头、用心记录下旅途中的点点滴滴，分享给大家，弥补一些不能到达的遗憾，留下一些不曾相遇的念想。

假如我们不曾相遇，那些地图上的名字、图片上的美食、视频里的画面，依然都在那里，但都只不过是一个个陌生的名词，一串串遥远的音符而已。

假如我们
不曾相遇
目录
Contents

伊春：
在小兴安岭见证幸福

　　2021年6月，大学闺蜜大米在微信上和我说了即将结婚的好消息。她毕业后在北京读研，留在了首都发展。此时距离我们毕业已经9年了，这9年里，虽然一南一北，但一直保持着联系，甚至还相约聚过几次。我们在北京后海听过歌，在杭州西湖过了万圣节，在上海浦东机场偶遇还匆匆吃了顿粤菜，在香港维港的游轮上观看了跨年烟火，互相说了2017年的第一句"新年好"。被大米邀请去黑龙江省伊春市参加她的婚礼的时候，我立马报名，这也是我第一次知道她先生的老家"伊春"。

　　在东北大地的深处，有一片神秘而美丽的林海，那就是伊春。纵观伊春市地形，除了少量的冲积平原和乌拉嘎坳陷盆地，其余均属小兴安岭南半部山地、丘陵，山地面积占伊春市面积80%以上。因此，伊春的景点分布在小兴安岭的各地。

　　7月，我们经北京转机，2天后终于到了祖国地图上"鸡首"的位置，也就是东北三省的东北方，这也是我到过的祖国最北边。

　　在飞机上，已被壮观的林海所震撼，无边无际的绿色，直到视线的尽头。飞机平稳降落，我们终于到了这个和台州相隔2850

○牛犀摄

公里的城市。伊春机场是新建的，甚至有些异域风情。对了，伊春北部与俄罗斯阿穆尔州、犹太州隔黑龙江相望，距离异国仅一河之遥。

此时大米和未婚夫已在机场外等待，一上车，未婚夫大哥和当地朋友们就介绍起了伊春的历史和现状。据史书记载，小兴安岭自古以来就是中原文明与北方游牧民族文明的交汇地带。在古代，这里曾是辽、金、元、清等多个朝代的边陲重镇，也是许多战争的前线。在这片土地上，发生过许多英雄事迹和传奇故事。其中最有名的故事之一是关于女真族的建立者——金太祖完颜阿骨打的故事。相传完颜阿骨打在小兴安岭一带被辽朝俘虏，后来逃脱并在这里建立了金朝。他的传奇经历成为了后人传颂的故事。直到现在伊春仍然是一个多民族、散杂居的边疆林业城市，满、回、朝鲜、蒙古、鄂伦春、俄罗斯等 33 个少数民族均有分布，基本上 50 个人中就有一位是少数民族。

伊春全市总面积 32800 平方千米，全市常住人口 83.8 万人，在我们这些南方人看来，称得上是地广人稀了。小兴安岭基本覆盖了整个伊春。

小兴安岭经过亿万年的地质变迁，形成了千奇百怪的象形山石，沉积了不同地质年代的古生物化石，形成了多达 72 处的地文景观，其中尤以汤旺河林海奇石、嘉荫茅兰沟、嘉荫恐龙国家地质公园、朗乡石林、桃山悬羊峰、南岔仙翁山为代表。在下飞机稍作休息之后，我们一路向北，直奔"东北第一石林"汤旺河石林风景区。

这里是大自然的杰作。园区里最著名的景点是"一线天"。这是由两座高分别为 26.13 米和 17.97 米，相距仅 35~45 厘米左

◎ 金雨慕 摄

右的石峰，相向而成的直上直下的一条缝隙，只能容一人通过，向上望去，只见一线青天，故称"一线天"。一线天是由地质运动的节理和风化作用形成的，它平地而起，挺拔高耸，气势豪放，雄伟壮观，是花岗岩石林地貌景观中的珍品。奇石如同大自然的雕刻艺术品，每一块石头都承载着岁月的沧桑和故事，让人不由得陶醉其中，感受大自然的神奇与绝妙。

园区内植被繁茂，山色葱翠，森林覆盖率高达 98.8% 以上，是极好的森林氧吧。漫步在山林小道，小松鼠是这片土地上最为活泼可爱的使者，一方水土养一方"松鼠"，它们和东北人一样热情好客，比南方的同类们更加活泼，一点都不怕生。小松鼠们在林间嬉戏，奔跑着，跳跃着，时不时驻足，靠近游客玩耍，像是在邀请我们与大自然亲近一番，和它们来个深入互动。

蓝天白云下，千年古松屹立于山间，红松、云杉、冷杉、兴

◎金雨慕 摄

○牛 博撮

安落叶松、樟子松在岁月里携手相伴，树林间的松涛声如天籁之音，在天地间回荡。那松涛轻轻拂过耳畔，闭上眼睛，仍能感受到满眼皆是葱郁的绿。

夜幕降临，我们抵达住处——位于回龙湾国家森林公园内的回龙湾职工疗休养中心。回龙湾的名字来源于一个古老的传说。在小兴安岭深处，有个蒙着神秘面纱的弯月小湖。据记载，这里住着一对老夫妇，妻子身怀六甲，临盆之日全家喜上眉梢，谁料想，妻子却生下一个肉蛋。老汉一怒之下拿起砍刀向肉蛋砍去，只见肉蛋中一道红光闪过，踪迹皆无，没有留下一点痕迹。老汉十分纳闷，但是时间一久也就淡忘了。从那时起，湖中的水流方向发生了奇特的变化，上午、下午各不相同，水位也不受雨水大小影响。后来有人发现湖中夜间常有黑龙出现，开始人们很惊讶，也有些害怕，后来发现黑龙生活在湖中保百姓相安无事，便也和平相处了起来。不知过了多久，远处的江中出现了一条作恶多端的白龙，它兴风作浪，残害百姓。黑龙奉天命从湖中腾空而起，来到了白龙出没的大江水域，二龙一见，便厮杀在一起，拼杀得天昏地暗，最后黑龙战胜了白龙，这条江因此得名为黑龙江。后来黑龙奉天命守卫黑龙江。黑龙想念家乡，便在闲暇时回到自己的出生地弯月小湖。人们为了纪念黑龙，便把这湖改名叫廻龙湖（潭），把这里称作黑龙的诞生地。

可能是因为有黑龙的保护，回龙湾的夜晚宁静而祥和，繁星闪烁，似乎正在演奏星空的交响曲。仰望苍穹，银河如一条银色的带子横跨天际，星星点点，熠熠生辉，犹如珍珠洒落在黑夜的帷幕上。流星划过天际，如同一颗颗明珠，闪烁着夺目的光芒，将黑夜点缀得如梦如幻。湾水微波荡漾，波光粼粼，倒映着天空中的星辰，如一幅宇宙的画卷，唤醒了人们对未知世界的探索欲望。

次日，阳光明媚，大米在回龙湾出嫁了。带着家人和朋友们的真心祝福，大米完成了人生大事。作为南方人的我，还是第一次参加中午举办的婚宴。在热闹喜庆的婚礼结束后，两位新人马不停蹄地带我们去了伊春另一个美丽的景点——金山鹿苑。

金山鹿苑是梅花鹿的天堂，坐落在小兴安岭的山脉上，这里有漫山的草坪，参天的古木，清澈的溪流。梅花鹿棕黄色的皮毛上遍布鲜明的白色梅花斑点，优雅地穿行在青翠的山间，它们的身姿如同舞者，舞动着轻盈的步伐，高贵而矜持，像林间的精灵一样。微风拂过，梅花鹿的棕黄色毛发在阳光下闪闪发光。因为同样可以近距离接触成群的梅花鹿，这里常被拿来与日本奈良比

◎金丽燕 摄

较。在我看来，这里的小鹿非常温顺，甚至可以摸摸它的脑袋，不像奈良的小鹿那样暴躁易怒，不好接近。所以不论从自然风光，还是小鹿的性格来说，金山鹿苑都更胜一筹。

伊春拥有着无尽的自然风光、悠久的历史文化和丰富的人文底蕴。这里有小兴安岭的苍翠松涛、汤旺河奇石景区的古老巨石、金山鹿苑的灵动小鹿、回龙湾的璀璨星河……这些构成了一幅幅宛如仙境的画面，让人心驰神往。回程的飞机上，彩虹就在舷窗外绽放，这份幸福陪着我回了家。

因为路途遥远，我不知自己是否还有机会再见见 620 年树龄的红松，再听听小兴安岭的松涛，但这一切都随着爱情、友情定格在记忆深处，每每回想起来都被幸福萦绕。

敦煌:一眼千年

　　敦煌，这个名字如同一颗璀璨的明珠，镶嵌在丝绸之路的历史长河里，闪烁着无尽的光芒。

　　这里有莫高窟这样的文化盛景，有丝绸之路这样的历史遗留，也有阳关、玉门关这样的重要关隘，还有雅丹魔鬼城这样的鬼斧神工。伙伴们都对敦煌神往不已，想要到这里一窥历史与文化，风沙与湖泊。

金丽慕 摄

　　十月假期，是当地的旅游旺季，游人如织。幸运的是，我们抢到了旺季正常票（包含了莫高窟8个实体洞窟、数字电影），当天我们这组安排的讲解员竟是一位敦煌研究院的研究员老师。由于游客众多，导览人员不足，他是临时受命带领我们游览，这让我们有幸聆听到许多关于敦煌莫高窟壁画和文化故事的珍贵讲述。

　　站在莫高窟前，眼前的壁画仿佛在倾诉着千年的记忆。色彩斑斓的图案和栩栩如生的人物，让人仿佛穿越时空，回到了千年前的风沙里。

　　老师告诉我们，莫高窟始建于十六国时期，历经多个朝代的兴建和修缮，形成了今天的规模。莫高窟现有洞窟735个，保存壁画4.5万多平方米，彩塑2400余尊，唐宋木构窟檐5座，是中国石窟艺术发展演变的一个缩影，在石窟艺术中享有崇高的历史地位。窟内绘、塑佛像及佛典内容，为佛徒修行、观像、礼拜处所。敦煌石窟是建筑、雕塑、壁画三者结合的立体艺术。洞窟分南北两区：南区492个洞窟是莫高窟礼佛活动的场所，北区243个洞窟主要是僧人和工匠的居住地，内有修行和生活设施土炕坑、烟道、壁龛、灯台等，但多无彩塑和壁画。敦煌石窟与山西大同云冈石窟、河南洛阳龙门石窟并称中国三大石窟。1961年国务院公布莫高窟、榆林窟为全国重点文物保护单位。1987年，莫高窟作为文化遗产被列入《世界遗产名录》。

　　莫高窟壁画内容丰富多彩，既有佛教经典故事，也有反映当时社会生活的场景。在一幅壁画前，老师娓娓道来："这幅画描绘的是玄奘西行取经的故事。玄奘法师当年历经千辛万苦，终于抵达印度，带回了珍贵的佛教经典，为中印文化交流做出了巨大贡献。"听着他的讲述，我们仿佛看到了玄奘法师在茫茫沙漠中跋涉的身影，感受到了那份坚定与执着。

　　另一幅壁画则讲述了敦煌在唐朝时的繁荣景象。当时，敦煌作为丝绸之路上的重要节点，商贾云集，文化交流频繁。一位唐朝商人曾在壁画中被描绘，他从长安出发，穿越荒漠，带着珍贵的丝绸和茶叶，最终在敦煌与西域商人进行交易。他的眼神中充满了对未来的期待，仿佛在见证着东西方文明在这里交汇的辉煌时刻。

　　在讲解员老师的带领下，我们游览了一个又一个洞窟，无一不是精美绝伦，令人恋恋不舍。我们听得认真，老师也讲得尽兴，甚至带我们多参观了两个洞窟，超时了半个钟点。

　　莫高窟既是中国古代文明的一个璀璨的艺术宝库，也是古

代丝绸之路上曾经发生过的不同文明之间对话和交流的重要见证。千年光阴，莫高窟经历了太多：宗教的变迁，历史的战火，异邦的掠夺，民族的苦难与其交互。老师介绍道，随着国富民强，目前敦煌石窟和敦煌文献的丰富内涵和珍贵价值不仅受到中国学者的极大重视，而且吸引了世界许多国家的众多学者竞相致力于对它的研究，这本"中古时代的百科全书"之后形成了一门国际显学——敦煌学，在 20 世纪国际人文社会科学领域内大放异彩。

傍晚时分，我们抵达了著名的月牙泉和鸣沙山。月牙泉，因形似一弯新月而得名，清澈见底，宛如沙海中的一颗宝石。鸣沙山，因沙丘在风吹动时会发出类似乐器的声音而得名。站在沙山之巅，俯瞰这片绿洲与沙漠交织的奇景，心中充满了震撼与

◎金海波 摄

敬畏。

导游在月牙泉边告诉我们："相传这里曾是仙女沐浴的地方，因此泉水常年不枯，清澈见底。当地人相信，月牙泉的水有一股神奇的治愈力量，可以驱病强身。"在夕阳的映照下，月牙泉泛着金色的光芒，静谧而神秘，仿佛在诉说着古老的传说。

夜幕降临，我们慢慢爬上鸣沙山，欣赏了壮丽的日落。沙丘在夕阳的映照下，呈现出一种绚丽的金红色，仿佛整个天地都被染上了一层温暖的色彩。随着沙粒的滑动，耳边传来了低沉而悠长的鸣响，宛如大自然在奏响一曲动人的乐章。听导游说，这种鸣响是由于沙粒摩擦产生的声音，古人常常将其视为神灵的低语，赋予了它神秘的色彩。

当夜色完全笼罩大地，我们仰望星空，银河如同一条璀璨的

丝带挂在天际。敦煌的夜空，没有城市的光污染，星星显得格外明亮，仿佛抬手就可以触摸到那遥远的光芒。这一刻，我们与大自然亲密接触，感受到宇宙的浩瀚与神秘。

次日，我们驱车一个半小时，来到阳关。阳关，这个名字在古诗中被无数次吟咏，充满苍凉与悲壮。阳关博物馆内陈列着丰富的文物和史料，在馆内展出的一块残碑上，刻有"阳关"二字，仿佛在告诉人们它曾经的辉煌与重要。

据介绍，阳关是汉武帝时期设置的西北边关，与玉门关齐名，是丝绸之路南道的重要关隘。这里曾经商贾云集，驼铃声声，繁忙异常。然而，过了阳关，便是一片荒凉的戈壁，再无熟悉的面孔。因此才有了王之涣"西出阳关无故人"的千古名句。站在阳关外，望着眼前一望无际的戈壁荒漠，我们仿佛能够感受到当年行走在丝绸之路上的商旅们所经历的艰难困苦。

　　阳关不仅是商业重镇，也是军事要塞。公元前60年，汉朝在此设立西域都护府，统领西域各国，维护丝绸之路的安全。这里曾发生过无数次战斗，烽烟四起，将士们为了守护边疆，付出了无数的牺牲。站在阳关遗址前，仿佛还能听到当年金戈铁马的铿锵之声，看到那些保家卫国的英勇将士的身影。

©金雨慕 摄

　　一路往前，十月的阳光透过稀薄的云层，洒在茫茫的荒漠上，像是为这片寂静的土地披上了一层神秘的面纱。我们铆足马力，奔赴向往已久的雅丹魔鬼城。

　　开向景区，道路两旁的荒原如同无垠的画布，尽显大自然的磅礴气势。风轻拂，沙尘漫舞，仿佛在为这片土地演奏一曲苍凉的乐章。渐渐地，雅丹地貌的奇特景象映入眼帘，那一刻，我仿

© 金雨慕 摄

佛置身于一个异次元的世界。

西海舰队，这个名字充满了力量与神秘。听说这是某位军区首长看到了雅丹魔鬼城这一特殊地貌后起的名字。但当我们身临其中时，就会发现这个名字有多么的形象与贴切。站在高处俯瞰，成群的雅丹土丘如同一支静默的舰队，排列整齐，气势磅礴。每一座土丘都像是一艘远古的战舰，正等待着重新扬帆起航。阳光洒在它们身上，投射出长长的影子，仿佛在述说着千万年的沧桑变迁。

继续前行，奇形怪状的雅丹地貌让人目不暇接。有的如同巨兽蹲伏，有的似乎是古老的城堡，有的则像是神秘的祭坛。每一块岩石、每一道沟壑，都是大自然鬼斧神工的杰作。站在这片土地上，似乎能感受到时间的流逝与地球的呼吸。

在这片神奇的土地上，每一步都是一种探索，每一眼都是一

◎金雨慕 摄

◎ 金雨慕 摄

种震撼。无法用言语形容那一份奇观异景，只能用心去感受，用灵魂去领悟。雅丹魔鬼城，这片充满魔力的土地，在我心中留下了永远难以磨灭的印记。

风声在耳畔呼啸，带来阵阵凉意。抬头望去，天空湛蓝如洗，白云悠悠，仿佛在与大地互诉着无尽的故事。此刻，天地之间只有我一人，我与这片神奇的土地进行着无声的对话，感受着它的广袤与神秘。

传说在遥远的古代，这里曾是一个繁荣的内陆湖泊，名为罗布泊。当时，这里水草丰茂，鱼虾成群，是一片生机盎然的乐土。然而，随着气候的变化和人类的活动，这片湖泊逐渐干涸，最终变成了一片荒漠。据说，罗布泊的干涸是由于一个古老的诅咒，这个诅咒使得这里的水源永远消失，让大地陷入永恒的沉寂。

　　曾有一支探险队进入罗布泊，试图揭开这里的神秘面纱。然而，他们在进入雅丹魔鬼城后便神秘失踪，像是被这片土地吞噬了一般。直到多年后，才有另一支探险队在这里发现了他们遗留下来的物品。当地的牧民说，这片土地拥有自己的灵魂，它不愿意被打扰，因此会将那些试图揭开它秘密的人永远留在这里。

　　大漠孤烟直，长河落日圆。夕阳西下，金色的阳光洒在大地上，为这片古老的土地染上了一层温暖的光辉。风沙轻舞，仿佛在低声吟唱着敦煌的往事。风吹不灭的历史，沙掩不住的光芒，在看到的一瞬，已过往千年。

兰州：一碗面 一条河 一匹马 一本书 一座城

知道兰州，大约是从各个城市都遍地开花的"兰州拉面"开始的。

"十一"假期，我们飞抵兰州。一下飞机，迎接我们的是那股熟悉的"兰州拉面"的香味。安顿好行李，循着香味就近找了一家兰州拉面馆。老板介绍道，各地所见的兰州拉面大概都是青海人所开，兰州只有"兰州牛肉面"。我们恍然大悟，原来这几十年吃的都是"山寨货"呀！

当那一碗热腾腾的牛肉面上桌，由动车转飞机的长途跋涉，辗转一天的旅程疲惫瞬间被熨烫得服帖。那飘着绿油油的蒜苗葱花，红彤彤的辣子油，白如美玉的萝卜片，闪着五彩光芒的牛肉片，还有劲道的二细手工面条，成就了这一碗全国无人不

知无人不晓的"兰州牛肉面"。

"清醴肥菏，自成馨逸，汤沈若金，一清到底。"美食家唐鲁孙曾这样评价兰州牛肉面。从马保子做牛肉面开始，兰州的牛肉面走过了一百余年。一清肉汤鲜亮清香，二白萝卜白净香甜，三红油泼辣椒红艳，四绿香菜蒜苗鲜绿，五黄面条黄亮劲道，加上细嫩质感的牛肉，从拉面到出锅，才短短两分钟。这碗面不仅承载了兰州历史，更承载着兰州的文化和乡愁。很多兰州人的一天，就是从一碗牛肉面开始。它价廉物更美，只花几块钱，就能得到这一碗，有肉有汤有菜，营养均衡，色香味俱全。有条件的再加套肉蛋双飞——大片的牛腱子肉配上茶叶蛋，绝对让顾客吃得舒坦。更有特色的是，兰州大部分拉面店都是免费续面的，老板大气呀！牛肉面店对客人的包容就像这座城市、这里的居民一

◎ 金雨慕　摄

样，无论是豪商巨贾，或是贩夫走卒，哪个不会坐在小小的面店里，享受着独属于兰州的美味？一碗面条下肚，谁的味蕾还没被征服呢？

兰州出名的不止这一碗面，一条穿城而过的河流更是举世闻名。

黄河从青藏高原出发，一路怒吼，到了兰州却突然变得沉静和缓，展现出和田糖玉般的赤色温柔，由林立的黄土梁峁之中穿行而过。兰州，南北两山夹一城，黄河是它的绶带。黄土高原怀抱中的一席逼仄之地，兰州故事在此开始。

兰州自秦朝以来已有两千多年的建城史，自古就是"联络四域、襟带万里"的交通枢纽和军事要塞，以"金城汤池"之意命名金城，素有"黄河明珠"的美誉。兰州得益于丝绸之路，成为

◎ 金雨慕 摄

重要的交通要道、商埠重镇。

　　从古至今，黄河一直在这里默默地流淌，见证了无数历史的变迁。在这里，秦始皇为了消灭匈奴人的威胁，令蒙恬率30万精兵，北击匈奴，占领了"河南地"；霍去病曾率军西征匈奴，为汉开辟河西四郡打通了道路；金城校尉薛举起兵反隋，称西秦霸王，而后被灭；曾被吐蕃、金、蒙古等外族曾轮番占领；沙州敦煌人张义潮曾起义收复陇右十一州地，兰州又归唐属。这里有力拔山河的英雄，也有领土被占的屈辱，更有奋起抗争的民众。

　　站在黄河岸边，望着那奔腾不息的河水，羊皮筏子漂浮其上，我们仿佛看到了古代先民们在这里辛勤劳作的情景。他们用智慧和双手开创了辉煌的文明，而黄河则以其博大的胸怀，滋养着这片土地和人民。

　　在黄河边上的茶馆点一杯"三炮台"，这是由春尖（毛尖）茶、红枣、桂圆干、葡萄干、冰糖、玫瑰花、菊花、枸杞、杏干等食材组成的兰州特色养生秘方。一手端盘提碗，一手握盖，并用碗盖随手顺碗口由里向外刮拂，使之浓酽，再把盖子倾斜，露出一个小口，方便用嘴吸着喝。随着生活节奏变快，不少新式餐厅将"三炮台"的碗盏换成了啤酒杯，便于客人大口饮用。一口又一口，爱茶的人喜爱"三炮台"的醇香，不爱茶的人喜爱"三炮台"的甜香，去腻生津，滋补强身，老少皆宜，南北皆喜。

◎金雨慕 摄

　　喝完茶，顺着黄河漫步，走到滨河路中段，会遇到黄河母亲雕塑。这座石质雕塑由何鄂女士创作，作品长 6 米，宽 2.2 米，高 2.6 米，总重 40 余吨，为目前全国诸多表现中华民族的母亲河——黄河的雕塑艺术品中最具艺术价值的。雕塑构图简洁，寓意深远，由"母亲"和"男婴"组成构图，分别象征着哺育中华民族生生不息、不屈不挠的黄河母亲和快乐幸福、茁壮成长的华夏子孙。雕塑下基座上刻有水波纹和鱼纹图案，源自甘肃古老彩陶的原始图案，反映了甘肃悠远的历史文化。

　　再往前走，一座跨黄河铁桥映入眼帘，这就是"中山桥"。

其长 234 米，宽 7.5 米，有 6 墩 5 孔，桥上飞架 5 座弧形钢架拱梁，被誉为"天下黄河第一桥"。中山桥始建于清光绪三十三年（1907 年），初名"兰州黄河铁桥"，1928 年为纪念孙中山先生而改称"中山桥"，沿用至今。全部建桥材料于光绪三十三年（1907 年）从德国走海运到天津，再由甘肃洋务总局从天津转运至兰州，这一运输过程创造了近代运输史上的奇迹。建桥的工程师是美国人满宝本和德国人德罗，施工负责人为天津人刘永起。施工人员以德商聘来的 69 名洋工华匠为主。由美国桥梁公司设计、德国泰来洋行承建、中国工匠施工合作建造的模式在现在看来颇为科学，集合了几国在建造桥梁方面的优势，体现了洋务运动时期建筑艺术发展史的风格、流派、特征。历时 3 年，中山桥建成，"实用库平银三十万六千六百九十一两八钱九分八厘四毫九丝八忽"。它是中国近代史上整个西北地区第一座引进外国技术建造的桥梁，这一特殊的建设背景及建设年代使其成为研究近代历史的钥匙，在中国的建筑历史上占有独特的地位。

　　兰州的历史既展现在河流上，也展现在博物馆里。

　　走进甘肃省博物馆，我们仿佛穿越了时空的隧道，顺着文物们回到了千年前的西北大漠。

　　馆中最引人注目的展品之一便是"马踏飞燕"。这尊青铜雕塑以其精湛的工艺和独特的艺术表现力，展示了中国古代工匠们的智慧与才华，形象生动地再现了奔腾的骏马和飞翔的燕子。它的造型矫健精美，作昂首嘶鸣、疾足奔驰状。塑造者摄取了奔马三足腾空、一足超越飞燕的刹那间。让飞燕回首，更增强奔马急速向前的动势。其全身的着力点专注于超越飞燕的那一足上，准确地掌握了力学的平衡原理，具有比较高的工艺技术水平。铜奔马是按照良马式的标准去塑造的，集西域马和蒙古马等马种的优点于一身，特别是表现出其对侧步的特征。构思巧妙，艺术造型精炼，铸铜工艺较为先进，整个雕塑充满了动感与力量。它被认为是东西方文化交往的使者和象征，被视为中国旅游标志。

　　甘肃省博物馆不仅收藏了马踏飞燕这样的珍贵文物，还展示了大量丝绸之路的文物。通过这些展品，观众们了解到兰州作为丝绸之路重要节点的辉煌历史。这里不仅是东西方商贸往来的重要通道，也是文化交流的桥梁。来自西方的胡旋舞、波斯的纹饰、印度的佛教艺术，在这里交汇融合，形成了独特的丝路文化。

　　兰州自古以来就是西部商埠重镇和交通要塞，座中四联，为南北之要冲，扼东西之咽喉，是一座移民城市。这里生活的人，也许祖辈来自全国各地，不同的文化、思想交融。它就像一座驿站，让人匆匆而来，又匆匆出走。但在这里停留的时间里，人们在交往，文化在碰撞，从而孕育出更加深厚而璀璨的文化。在兰州，诞生了一本和这座城市一样兼容并包、富有内涵的杂志，它吸收了无数优秀作者的文学作品。

　　1980年12月，甘肃人民出版社在兰州成立丛刊编辑部，胡亚权和郑元绪在一间大约6平方米的小屋里，开始筹备《读者文摘》杂志。1981年4月，正式创刊。1993年第七期，正式改名为《读者》。截至2019年8月，《读者》杂志的累计发行量超过20亿册。

　　在我们这些80、90后的书桌上，谁会没有一本《读者》呢，它是我们思想的启蒙，被誉为"中国人的心灵读本"，是"中国期刊第一品牌"。卷首语、文苑、社会之窗、人物、杂谈随感、青年一代、人生之旅、人世间、在国外、风情录、知识窗、生活之友、心理人生、经营之道、趣闻轶事，这些栏目深深地印在了我们的脑海里。在学生时代，购买《读者》也是一件奢侈的事情，所以当班级里有同学购买了新的一期《读者》，往往会在全班传

© 金雨慕 摄

阅。在那个网络还尚未普及的年代,《读者》就是我们认识世界的一扇窗户，润物细无声地传播着知识和力量，影响着一代又一代人。

　　吃一碗面，过一条河，赏一匹马，读一本书，构成了我眼中"兰州"这一座城。在兰州几天，我们总是骑着单车游走，耳机里回响着民谣，他唱道，"兰州，总是在清晨出走。兰州，夜晚温暖的醉酒。兰州，淌不完的黄河水向东流。兰州，路的尽头是海的入口。"

◎金雨慕 摄

丽江：漫天星星洒下，我想抓住一颗

你想怎么开启新的一年？

队友M决定，来一场说走就走的旅行，赴一场与流星雨的约会。

2020 年 12 月 27 日：说走就走的旅行

M 打开了 App 订了 1 月 1 日早上飞丽江的机票和酒店，说要用象限仪流星雨开启 2021 年。

2020 年 12 月 31 日：跨年烟火

和朋友们一起点燃了第八次跨年烟火，互道"新年快乐"后，我们俩坐上了去萧山机场的汽车，在零下 5℃的公路上飞驰。

2021 年 1 月 1 日：偶遇萌物

7 点 25 分，从人间天堂启程飞向彩云之南。

11 点 15 分，安抵丽江三义机场。10 年后再次来到丽江，不同的是，身边多了一个他。

1 号，我们选择先在丽江古城游玩，稍事休憩后，第二天再上山。

这一晚，我们选择的是位于束河古镇附近的"金茂凯悦臻选酒店"，建筑风格是纳西特色的，整体有设计感，服务也很到位。在大堂就可以看到完整的雪山，但是不巧有个施工脚手架挡住了视线，让本来完美的雪山景色大打折扣。

酒店有饲养羊驼与矮脚马，还有孔雀、黑天鹅和鸳鸯，环境非常优美，贪吃的羊驼和长刘海的矮脚马让人印象特别深刻。

2021 年 1 月 2 日：在雪山下，赴一场与流星的约会

要怎么看这场流星雨呢？ M 选择了位于丽江甘海子草甸上的"金茂璞修雪山酒店"。

从山下的金茂凯悦甄选酒店有固定的班车上山，需 40 分钟左右，酒店的住宿费用包含了车费与进山费，只需要提前在前台预定即可。上山的时候建议坐在大巴左侧，全程都可以看到巍峨的雪山和甘海子景区的风景。

我们看到雪山的时候还是有些失望了，雪真的太少了，只有山顶还有一些终年不化的冰川。听服务人员说，今年的雨水来得迟，雨季去得晚，新的雪还没开始下，所以现在的确还不是看雪景的好时候。三四月的时候来，可能可以看到更加壮美的雪山景色。

金茂璞修雪山酒店最具特色的是直面玉龙雪山毫无遮挡的一线山景以及特别能出大片的天空之境与瑜伽室。

在天空之镜，可以拍出雪山和蓝天的倒影。

在瑜伽室，一推开门，就可以看到整座雪山以及连绵数公里的山脉。

酒店有赠送下午茶的服务。我们挑选了临窗的位置，捧着一杯热红茶，一边欣赏雪山风景，一边吃着小点心，静静地打发着这个悠闲的午后。

璞修酒店海拔是3150米，算是高原地区了，不要奔跑，不要运动，不要饮酒，也不要熬夜，慢慢地、静静地享受这一刻吧。

晚间，就着日落，品尝了当地最具特色的"牦牛肉火锅"，

◎ 金雨慕 摄

◎金雨慕 摄

咸辣鲜香，肉质中都带着草原的味道。

夜晚，我们信步而出，找了个空旷的位置赏星。抬头仰望，再次被漫天繁星震撼，星星点点，布满天空。这个时刻，只怪自己的眼力不佳，如果不近视，应该可以把更多的星星收入眼底，记在心里吧！

2021 年 1 月 3 日：陪你去看流星雨落在这地球上，一个属于象限仪流星雨的夜晚

2 号上山之后，由于前一天的疲惫行程，我们都出现了一些不适应，胸闷与头痛让我们决定不去蓝月谷，而在酒店休整一天。

早上 7：30，我们早早地赶到瑜伽室和天空之镜，等待日照金山的美景。由于地处山谷，又没有遮挡物，在露天等待的我们感受到了甘海子的狂风。我们不仅被冻得够呛，也被风吹得够呛，当天瑜伽室的两扇玻璃门都被吹倒了。

服务人员一再强调，日照金山值得这样的等待，它是玉龙雪山境内一种非常罕见的自然奇观，其出现对地理位置、季节时间、山体海拔、气象气候等条件都有着极为苛刻的要求。纳西族世代相传，如果有幸遇见日照金山奇观就会幸运一整年。

日出后，当金色的阳光一点一点洒在雪上，整座雪山被笼罩在金色的光里，面对这样的美景，感觉寒冷中的等待是非常值得的。

在直面雪山的餐厅吃过早餐之后，我们回到房间休息。璞修雪山酒店的特色是在房间里就能看到雪山，喝着软饮，侃着大山，吃着甜点，和美好不期而遇。

午后，在茶室里上了一节雪山茶艺课。午间的阳光温暖，和几位来自天南地北的女生品茗闲聊，喝着当地白茶，名为"留白"，清新淡雅，唇齿留香，和丽江一样让人心生欢喜。

傍晚，我们来到了早已预约的餐厅，视野绝佳，依然看到了雪山的日落。更惊喜的是，当天出现了七彩祥云，当地的朋友说，他这辈子也是第一次在这里看到这样的奇观。七彩祥云不断变换形态与色彩，慢慢扩大，进而连成一片，最后还形成了喜鹊的模样。希望真的能分享这份幸运，愿新的一年人们都能平安喜乐、顺顺利利。

晚餐吃的是云南菜，纳西小炒肉、纳西炒饭和云南野生菌汽锅鸡的味道都不赖，吃腻了火锅的朋友可以一试。

新闻说，晚上 10：30 将迎来流星雨的最大值，但是我们可能运气不佳，先是在房间阳台上等待，却一颗流星都没看到。后来看了看方位，象限仪座流星雨还在阳台的另一面，只能走出房间，去四周都没有遮挡的小广场上等待。在寒风里等了 1.5 小时，才看到了零零落落的五六颗。大部分流星都是快速划过天空，只是其中有一颗红红的流星运动得格外缓慢，在东方的天空中缓慢下坠，

◎金雨慕 摄

一点一点地落下，仿佛一伸手就能捧住她，留她住下，带她回家。

我们气呼呼地回了房间睡觉，心想说，哎，这次的行程真的是亏大发了，专程来丽江看流星，还出现了高反，却只看到零星几颗。

睡到 4 点多，不知是因为气候干燥，还是因为高反，翻来覆去再也无法入睡。索性起床，去阳台碰碰运气。没想到，出门就看到了流星，接下来又有好几颗划过天空，可以称之为流星"毛毛雨"啦！虽然不是特别密集，但是，已有了流星雨的初步模样。流星的方向不定，四面八方地来，四面八方地去，任性得很，我不得不放下最爱的手机，眼观六路，耳听八方，全神贯注地观察着黑暗中每一个光点的动向，生怕错过一颗。忽然感觉这和垂钓是不是有几分类似呢？

当看到不断有流星飞来，又有流星飞走的时候，不禁感叹，

◎金雨慕 摄

这几天的等待与不适，都是值得的。虽然我们离"财务自由""车厘子自由"还很远，但这个夜晚，我们彻底实现了"流星自由"，看到最后，连愿望都已经被许完啦！

2021 年 1 月 4 日：日照金山的美，适合反复观看

由于前一晚的流星雨过度消耗了体力，我们决定在阳台观赏日照金山。清晨破晓之时，太阳从地平线上缓缓升起，万丈金光飞越长空从海拔 5596 米的扇子陡峰顶倾泻而下，逐渐覆盖了连绵不绝的玉龙十三峰，随后整座玉龙雪山被镀上一层耀眼夺目、灿烂辉煌的金光，形成绝美的日照金山奇观。

果然，日照金山的美怎么看都不会腻呀。

临行前，我们选择了餐厅里的临窗位置，以雪山为背景，喝了一杯"雪顶咖啡"，吃了饱饱的一餐。

在回程的路上，我又发出了"丽江真美，下次我们还要来"的感叹。忽然想到，我们一起去的城市，有哪一座是不想再去的呢？可能很多时候，不是这座城市本身有多么迷人，才会流连，而是因为同行的人，让这座城市变得美好，旅行的回忆会更加珍贵。

2020 年，有很多东西束缚住了我们的脚步，有许多负面情绪围绕着我们，我们经历了迷茫，经历了伤痛。但是 2021 年伊始，流星划过，祥云出现，我们就见到了那么多美好的事物。愿我们把所有的不甘与遗憾都留在 2020 年，只把爱和希望带进 2021 年。你好呀，2021 年；你好呀，新生活！

九峰清绝胜蓬壶

我想写写九峰，这个愿望由来已久。

写写她春天游人如织的相约踏青；写写她夏天树下惬意的喝茶纳凉；写写她秋天代代相传的登高赏月；写写她冬天难得的俯瞰黄城漫天雪……

写写她的华盖峰、文笔峰、灵台峰、接引峰、灵鹫峰、双阙峰、卧龙峰、翠屏峰、宝鼎峰，九座山峰连绵起伏，峻碧摩天……

◎罗加亮 摄

◎柯国盈 摄

　　写写她的米筛甘井、铁米筛井、马尾水长年泉水清流，永不枯竭……

　　写写她的桃花潭文人墨迹遍布；写写她的方山双塔"双峰插云"；写写她的报春园梅桩盆景千姿百态；写写她的龙珠湖水光花气清幽宜人；写写她参天松柏之中的瑞隆感应塔直指九天，"平林塔影"……

　　这里，实在是凝聚了黄岩的自然景观与人文景观为一体的幽胜所在。

　　《九峰的早晨》是我来到黄岩之后写的第一篇散文，其实也应该是我公开"发表"的第一篇散文作品——尽管是在当时黄岩街头中心位置桥亭头黄岩文化馆的《橘花》报栏上。

　　那时，刚到黄岩，正是青春萌动的年龄，对一切都充满了好奇。告别了干燥的北方，感觉这里湿润的空气都是甜的。

每天早晨，都与一群刚结识的女孩子们相约一起到九峰公园晨练。马尾水、铁米筛井、百步峻……我们跑步、打羽毛球、爬山。那时候，这里是黄岩人锻炼身体、交流交际唯一的也是最佳的去处。

◎罗加亮 摄

九峰山其实体量并不是很大，总面积112公顷；山也不是很高，最高峰只有500多米。过去汽车从黄土岭山路上转过来，首先看到的就是九峰山，看到她就标志着已经进入黄岩境内了。

黄岩九峰公园1959年正式建园，是浙江省最早开园的县级公园。因风景秀丽、古迹诱人、灵气和神韵俱佳而在20世纪60年代就已被载入《中国名胜辞典》，成为入国家名录的公园。

在这里，有古往今来的墨客文人留下的文化景观。有康有为对她的赞美："九峰环立，峻碧摩天，分雁荡之幽奇"；有郭沫若、沙孟海、张乐平留下的墨迹；有乡贤朱幼棣笔下的"古塔、古刹、道观；山溪、桃潭、曲桥；疏林、老树、花径"；也有许许多多古人留下的不少吟咏九峰的诗句。如明代方礼重返故乡写下的《九峰绝顶》：

> 东风吹我上崔巍，回首尘寰图画开。
> 九朵峰峦连寺塔，一弓江水护楼台。
> 鲁桥车马随花柳，彭冢麒麟卧草莱。
> 说起兴亡吟不了，特敲松屋问寒梅。

如东林党人黄道周在九峰流连时，写下的诗篇：

> 火云未断山欲燃，一缕寒烟千寺禅。
> 松下青鞋生自贵，岩间白发老能玄。
> 蝉哑猿枯风未休，道人生计少能周。
> 一尊酒洒九峰塔，五石瓠安大海流。

而给我留下深刻印象的则是明代因"进谏"之祸被贬到黄岩的南海人邝文，他的《游九峰》，可以看出他不平与感伤的心境渐渐抚平：

> 九峰清绝胜蓬壶，扶病闲过问野狐。
> 诗为青山行处有，悉因樽酒醉来无。
> 石潭水暖龙吟梵，花坞风晴燕引雏。
> 更喜老僧忘世虑，倚栏终日看菖蒲。

九峰中最高的山峰华盖峰，也叫紫云峰，紫凝峰。这些年，我爬九峰山的次数越来越少，总觉得爬山会影响膝盖，这也是一种对岁月妥协的心态吧。

　　记得刚到黄岩时，经常会和小伙伴们相约爬方山——这是对九峰的统称。我们有时从百步峻拾级而上，有时从方山路这边的小路走。

　　百步峻在我眼里像是泰山"紧十八，慢十八，不紧不慢又十八"中的"紧十八"。因为每个台阶均匀分布，有些陡峭，数过好像有几百个，所以称百步峻。我们时常是比赛般地一口气登上去，还真有些气喘吁吁。好在那时年轻，每次下来腰酸腿疼很快就能恢复。

　　上了百步峻，黄城基本上是尽收眼底了。我们会在山上寻找自己家的位置。当年高楼不多，视线很好，我们会很快找到各自的家，兴奋之情溢于言表。

◎金海波 摄

再往上走，就会看到一座寺庙，一个水库。

寺庙里香火常年不断，水库边也是许多人夏天游玩的地方。记得有一年，机关团委组织了一次春游，我们在水库边唱当时的流行歌曲、跳时兴的交谊舞，青春定格在美好的瞬间。许多年过去了，虽然大家生活的轨迹不同，容颜已改，可是说起往事，依旧会记起九峰山上的鸟语花香，茂密林地，幽幽深谷。

在方山顶，有一座电视转播塔。在没有闭路电视的年代，黄岩的电视信号，就是从这座塔发射出去的。我在广电工作 16 年半，曾多次与同事到那里。有时是出于好奇，到山顶游玩的同时看看同单位不同部门的同事们的专业工作，有时是台风过后他们检修，我们拍新闻。

从山顶看黄岩，更是美不胜收。永宁江旖旎而来，穿城而过，有时云蒸霞蔚，有时无垠旷远。人在此处，红尘中的烦心琐事，瞬间走远。

在九峰华盖与文笔双峰之巅，建有方山双塔。一个是紫云，一个是阜云。"双峰插云"是九峰古十二景之一。相传双塔"宋南渡即有之"。几百年来，风雨侵蚀，屡毁屡建。2004 年的那次集资修缮，我们和周边许多朋友一样，解囊相助，为的是抢救文物，也为了她们有着那么美好寓意的塔名——华盖与文笔。多么希望素有"江南小邹鲁"之称的黄岩，文脉绵延，福及子孙。

古人的学问，体现在方方面面。从给方山上的众多山峰，赋予形象而有灵气的名字，可以看出古代黄岩人才济济，文风鼎然。

山脚下桃花潭居九峰公园中心位置，据传是因九峰大溪（桃花溪）支流两岸桃林而得名。"九峰桃潭曲桥"、潭畔的镜心亭都有近百年历史。这里的楹联，则汇集了近代黄岩文人的妙手

◎ 罗加亮 摄

◎金海波 摄

佳作。

周慕庵的魏碑"此地偶题认影句，前身我亦住山人"；柯璜的草书"潭水不逢洗耳客，桃花长笑问津人"；任重的"胜景九峰两文笔，仙源千古一桃花"；榜眼喻长霖、进士朱文劭、举人王松渠……九峰的荒寺古木、塔影斜阳、亭台楼阁正因为有了文人的风雅，有了和自然山水对接的诗词楹联，有了文化，才成了江南一座小城的代表性风景。

位于原九峰书院旧址的报春园，也是黄岩一宝。报春园内的黄岩梅桩，以"古、奇、曲、老、瘦"的特点闻名全国，自成一派，成为全国自然型盆景的典型，被誉为"黄岩风格"，有"黄岩梅桩惊天下"之说。20世纪90年代，有香港人愿意用一辆轿车换一盆梅桩盆景而不得。

如今，九峰公园不但改造恢复了"双峰插云""沙堤烟雨""桃潭夜月""春留桃园""九凝积雨""马尾飞瀑""米筛古井""瑞隆感应塔"等旧景观，又引进了徽派古建筑、激流勇进、金龙滑车等项目。许多人记忆中陪伴成长的儿童乐园，也成为几代人相依相伴的好去处。

　　"开门见山""抬头见山""紫气东来"，在黄岩，如果从没有去过九峰，就不能算一个真正的黄岩人吧？远方来的客人，如果说不去九峰，就不能算来过黄岩吧？

◎罗加亮 摄

雪中的天台山

那是江南少有的一个雪天。

汽车在高速公路上奔驰，车窗外竟然飞来了一阵阵雪花。

它们有的落在了车窗上，有的与车子擦身而过。落在车窗上的雪花旋即被雨刷抹去，飘在地上的雪花则溶入了大地。

沿途的景色，因为有了雪花的点缀，有了别样的美。

◎ 陈 缅 摄

我一改上车就有的睡意，惊喜地看着车窗外纷纷扬扬的雪花。

记得有人说过，下雪的时候，由于湿冷，空气中的尘埃被雪花带着下沉，所以空气特别好。真想打开车窗让清冽的风吹进来，放松我们的身心。可是不行，此刻我们是赶着时间奔赴天台的。

天台山，这个被誉为"佛宗道源"的地方，它是浙东唐诗之路的目的地和精华所在，是当时诗人们朝圣般跋山涉水执着寻访的目的地，也是一座中华文化人人仰止的高峰。

"雄雄镇世界，天台名独超"。据有关人士统计，全唐2200 位诗人中有 300 人到过天台山，留下了 1300 多首诗歌，许多诗句脍炙人口。李白留下的诗句千古流传，"龙楼凤阙不肯住，飞腾直欲天台去"；孟浩然"问我今合适，天台访石桥"又让人生发出无数遐想……

虽然这里离我居住的小城并不遥远，可是人们往往忽视的就是身边的风景。

就说天台山吧，几十年来，我到这里的次数屈指可数。记忆

◎ 方庆律 摄

中最深的就是 1998 年前后在天台组织的"金秋诗会"。

那时我还在电视台工作。市作协组织一批作者到天台山，我带了摄像记者一同前往，做了一个专题片。我既是作者，又是记者，全程记录了那次采风活动。当时已经小有名气的台州诗人江一郎是组织者之一，他在镜头前侃侃而谈。这时的文学已经开始"不太受待见"，他已经蓄起了长胡须，说话风格也开始幽默。记得那时他就说"能够写诗就是半个好人"，还戏说现在出门不敢说自己是诗人，而是说自己是做生意的。的确，这时的社会环境氛围文学已由 80 年代初"树上掉下一片树叶都会砸到一位诗人"而转变为砸到一位商人了。

而在我们眼里，天台景区依然处处是诗。

千年古刹国清寺、人间仙境琼台仙谷、济公故居、石梁飞瀑……东望沧海、俯瞰群山、坐如莲花的华顶山，霞光山色、如诗如画的赤城山，还有桐柏山、寒石山、九遮山……

"此中多逸兴，早晚向天台"（李白）、"喷向林梢成夏雪，倾来石上作春雷"（曹松）……

"一脉天台山与水，半部中国全唐诗。"古人们把自己对大自然的热爱凝聚在文字中，撒播在大地上。我们又怎能不心向往之、笔抒发之？

那次活动结束后，许多作者留下了对天台山的仰慕、感悟、留恋与祝福。

神奇的天台山，之所以享誉海内外，是因为它是一座和合文化的圣山。佛教天台宗的核心是和合，国清寺则体现了天台儒释道三教相融的和谐景象。它告诉人们如何做到身心和合，如何与大自然保持和合状态。

© 陈 绚 摄

在国清寺，还可以看到寒山、拾得的传说故事。和合文化的代表性人物寒山与拾得长期生活在天台山，他们亲密交往和谐相处的故事被后人神化，甚至被清代皇帝雍正封为"和合二圣"。寒山、拾得还是民间结婚时的喜神，被后人们供奉，成为中华和合文化的象征……

雪花一直在窗外无声地飘洒，如时间的碎片无影无踪。

办完公务，在宾馆的走廊里意外地碰到援藏诗友陈人杰。他是获过"鲁奖"的著名诗人，也是故乡人的骄傲。作为中国作协会员，他已深深爱上了那片土地，与藏族人民建立了深厚的感情。他连续三届援藏，为美丽的西藏创作了大量作品，曾获"2014 年度中国全面小康十大杰出贡献人物奖"，现在是西藏文联副主席。在他的诗集《回家》中，有对天台的描写，让人感受到他的作品"以故乡的青山为骨骼，以故乡的绿水为血脉""内心里装着神圣之火"。他的兄弟陈豪杰也是天台山文化的传播者。每个地方都有一批乡贤，他们传承着这个地域的文化并发扬光大。

盛邀之下，我们冒雪来到他们聚餐的地方。

◎陈 缅摄

一个不起眼的院落，在下雪的黄昏像是早已等待着远道而来的客人——我们中有几位西藏文艺界的朋友。

热气腾腾的天台土菜、土酒渐次上桌，大家谈天说地，"晚来天欲雪，能饮一杯无"，一时间有不知身在何处的感觉。

西藏的文友聊他们故乡的风土人情，唱起雪域高原的歌；天台的

◎ 方庆律 摄

朋友介绍当地的地域特色，个个在酒劲儿的触发下，如数家珍。

在陈兄的述说下，天台的种种，比我们看到的天台更加立体。就拿我们所在的天台山景区来说吧，除了神宗道源的宗教圣地，如诗如画的山水，天台山的奇花异木也令人惊叹。我曾多次去观赏华顶云锦杜鹃。华顶云锦杜鹃又名千花杜鹃，古称"娑罗"，是1600多种杜鹃花中最古老、树形最高的"杜鹃之王"，也是佛教四大圣树之一。每年5月，当山野普通杜鹃花开谢了，华顶山之巅的华顶国家森林公园数百亩云锦杜鹃竞相开放，淡红、嫩黄……形成一片五彩缤纷的花海，远远望去，似锦似霞，璀璨夺目。云锦杜鹃花大而艳，一树千花。还有千年树龄的天台华顶云锦杜鹃王，树高6米，干粗枝壮，树冠如盖，树之古，面

○陈 缅摄

之广，花之盛，为一大植物奇观。在华顶，还有高山杜鹃精品园。这片占地 10 亩的综合性杜鹃园，集科学研究、科学普及、游览休憩、杜鹃种质资源保护和新优杜鹃开发为一体，先后从德国、荷兰、比利时等国家引进珍稀高山杜鹃 57 个品种，"优雅""红粉佳人""锦缎""惠特尼""阿尔弗雷德"……许多品种我们闻所未闻，让人大开眼界。

在天台，当地人引以为豪的还有国清寺内的隋代古梅，据传是国清寺第一任住持章安大师亲手种下的，距今已有 1400 多年，是全国最古老的的梅树之一。枝之苍劲，傲雪凌霜，铁骨铮铮，代表了天台人的品格。

那个有雪的夜晚，酒酣饭饱，天台人的豪放、好客，天台山的神奇传说与那些迷人的诗句长久地留在了我的记忆里……

寻寻觅觅田子坊

再次来到田子坊已是 2023 年夏天了，与第一次来相隔了差不多十年。

那次是与一群到上海学习的女孩子们一起，她们对时尚嗅觉灵敏，每到一个地方都事先做了攻略，以求在最短的时间里把最想玩的地方玩遍，最想吃的美味尝遍。我就是这么懵懵懂懂地跟着她们来到了位于上海泰康路 210 弄的田子坊。

对于上海，我有着一种特殊的感情。这个我生于此、长于此、又不得不离开此的地方，有我童年的记忆、难舍的亲情、不曾遗忘的"乡音"。虽然我早已习惯了跟着父母"四处为家"的生活，可是每次回到上海，心里就泛起一种异样的感觉。不是乡音未改，

不是情更怯，不是放不下忘不掉融不进的眷恋，而是如同走进一个梦境，熟悉又陌生的梦境。

这些年上海的确变化太大了。记忆中那些有些拥挤的弄堂早已被更多的高楼大厦取代，街坊邻居的市井之声也被时间所湮灭。

黄昏里走进这个身处闹市却又有着低调的奢华的里弄，突然有了别样的感觉。这是上海的另一种符号，是一幅历史沉积的原生态生活场景，像是"清明上河图"的旧画，又像是许多本地人童年的记忆。真没有想到，来到这里，与其说是来游玩、消费，倒不如说是来怀旧，品味旧时的市井文化。

这里在成为田子坊之前，就叫泰康路 210 弄。随着二十世纪九十年代旧城改造的兴起，许多老旧小区都被拆迁了。但由于这一区域是工厂区，各种建筑形态保存完整，虽然拥挤，但井井有

条，杂而不乱，尤其是历史上徐悲鸿、张大千等大家曾在此居住过。有心人与原住居民共同创意了这样一个全新的旧城改造模式，使之成为一种新的文化标签——形似曲曲折折、平实庸常、斑驳拥挤，实则五彩斑斓、瑰丽多姿、创意十足。

像许多上海的街道一样，漫步在韵味十足的泰康路上，阳光斜照在法国梧桐树透过的光影，让人一时间犹如走进时光隧道。由画家黄永玉起名的田子坊，既有二十世纪的石库门民居的痕迹，又有时尚前卫的感觉，各种新旧元素使这里有了勃勃生机。

踩着青石板路，我们随意走进一个小酒吧，不大的空间里，有着浓烈的异域色彩。我们点了几杯清酒，坐在高脚凳上慢慢欣赏着别致的餐桌、餐椅、花瓶、插花以及弄堂里来来往往的游客。门口有露天餐桌，几位不同肤色的游客在品酒、聊天。同行

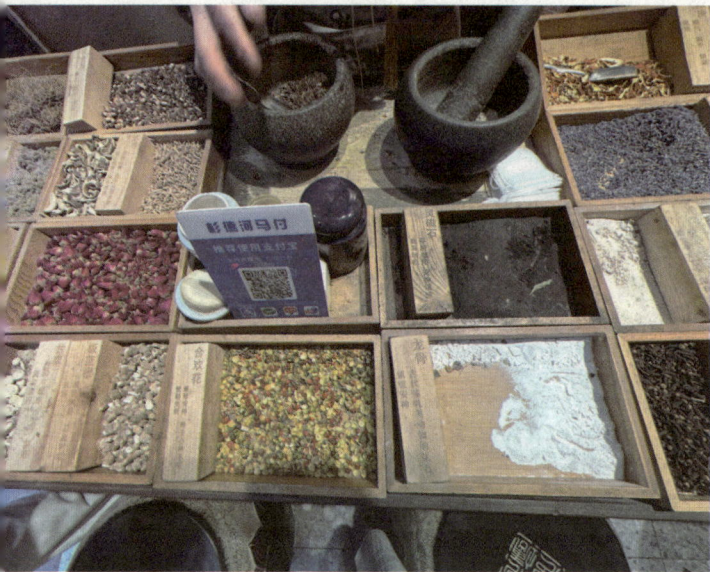

者里有一位做外贸的女孩，忍不住过去与他们聊了几句，友好而礼貌。

天色渐暗，我们继续穿梭在迷宫般纵横交错的弄堂里。摇曳的灯光、飘渺的歌声、沿街一个个诗情画意的店名、暗黄的老照片、店铺里各色怀旧物品、穿着旗袍款款而过的背影、交流中的吴侬软语，一时间竟觉得时光穿越，来到的是周璇歌声里的旧上海，周润发电影里的上海滩。这里有家长里短的浓情岁月，也有记忆深处的烟火气息。

然迎面而来的鲜艳新潮的广告牌、临街的花花草草又提醒着我们，时光匆匆，时不我待。我们可以短暂地享受这份安宁与惬意，可以在这里遇见历史，但最终还是与许多人一样，只是途经这里的过客。

经过短暂的放松、放空，我们的脚步还是要随着我们的心，奔赴远方。

蛇蟠岛的味道

"海是有味道的
这味道陌生而又熟悉
似乎伸手可及
却又抓握不起

沉醉在海的味道里
与鱼的家族一起享受
阳光和空气
远处低飞的海鸥
不知在把什么寻觅"

如果说，一座岛是有味道的，初到海边的人应该不会反对我这么说吧？

2009 年，地处浙东沿海三门湾畔的台州第一大岛蛇蟠岛还刚开发旅游不久。我们应时任三门县委副书记、县政协

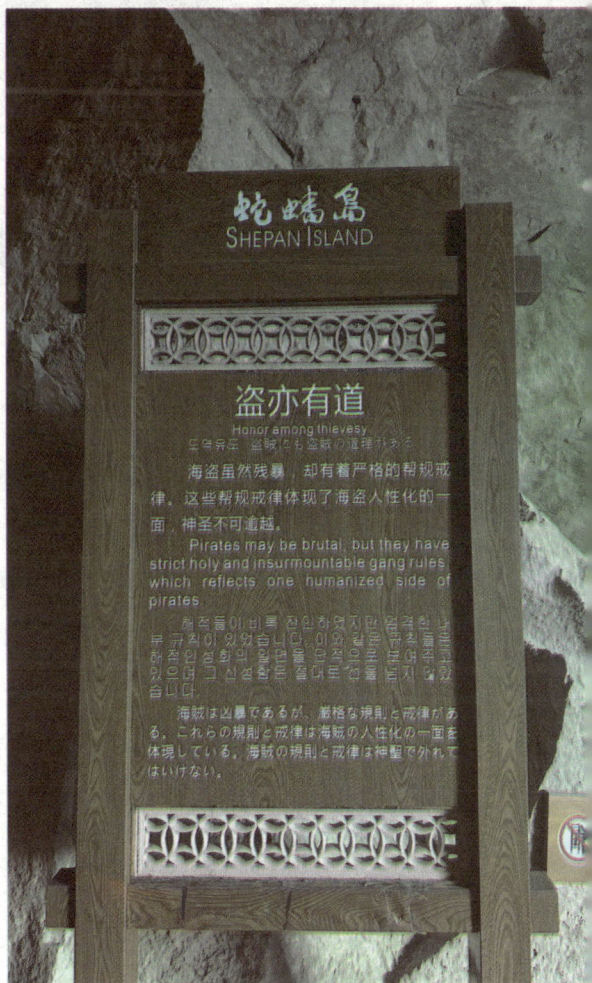

主席、诗人黄祥云先生的邀请，为举办蛇蟠岛杯世界华文诗歌大赛事宜，来到了这座当时还名不见经传的小岛。

远远地，隔着大海，浩渺的天空下，我们就看到了那个离三门县城仅半小时的路程、有着奇怪名称的岛屿。在海边有着既咸又腥的味道里，我们改乘船向蛇蟠岛驶去。

上岛的第一印象，就是满目的石头。

蛇蟠岛全岛面积 17.4 平方公里，为世界上最大的采石洞窟遗址。因其岛上盛产易于雕琢的江南名石——棕红色的"蛇蟠石"而扬名东南沿海，从宋朝开始便有先人采集石片和雕琢窗花，工艺精美绝伦，石头远销东南沿海、日本，东南亚，成为当时最负盛名的建筑和装饰材料。

一位诗人在他的作品里，留下了这样的诗句"当福字镶嵌在

石窗上　日子就红了 / 当福字倒映在清水中　鱼儿就活了……"

　　窗花是农耕文化的特色艺术，是农村的生活地理环境、农业生产特征以及社会习俗的集中反映。而石窗是窗花的前身，是在玻璃出现之前民俗艺术的表现形式。岛上野人洞的石窗艺术馆从民间收集了 300 多扇独具特色的石窗，充分展现了我国东部沿海能工巧匠们的精湛技艺。

　　我想，三门的石窗造型多样，雕琢精致，彰显了中国文化特有的多元性和包容性，也许正是凭借着这岛上色泽浑厚、纹理细腻的蛇蟠石是雕琢石窗的理想材质的缘故吧。这一扇扇久经沧桑的石窗，无时无刻表达着三门湾民俗文化的深厚底蕴。

　　"我看见雄浑的海与洞窟交织 / 倾听千年波涛　万年斧凿""一个岛　并不孤独地 / 活在天地之间"……

　　潮起潮落，在岛上，最吸引人的还是那些纵横交错、残垣

断壁的岩洞，它们无声，却用质朴的石窟，诉说着隐匿已久的秘密。

"千年尽露波涛声，万古犹存斧凿痕"。自宋代以来，人们就开始在蛇蟠岛大规模地采石。由于大部分的石头都从石山中挖洞采集，蛇蟠岛不大的几座山包，几乎都被挖空，成了一个"千洞岛"。

据岛上人介绍，这里有国内规模最大的海岛采石场遗址。自宋始，岛上石匠千凿万锤长期采石而留下环环相套、姿态各异的1360多个奇异洞穴。就像温岭的长屿硐天、黄岩的朱砂堆一样，古人建房、修路大多用的是石头。在我们看来十分坚硬的石头，在暴露在空气中之前，并不是很硬。先民采取竖井式方式开采石

头，采用最原始的水平式凿孔裂石采石，再用云梯将石板从洞内搬到洞外。长此以往，就留下了这令后人感叹、鬼斧神工而又写满艰辛的奇观。

千余个岩洞，"千洞连环洞"堪称一绝。"岛上有大洞小洞、横洞竖洞、水洞旱洞、直洞弯洞，且支洞旁出，洞中套洞。洞内有水，水中藏洞，使其洞洞为景，千姿百态，妙趣无穷。"我想，如果石头会说话，这里的每一块石头都有着深远的历史；如果山洞会表达，这里的每一个山洞都有着动人心魄的传说。

这里最具代表性也最独特的景点我觉得应该是以海盗为主题的海岛洞窟景区。有人说二十四史是中国陆地历史，中国的海洋史实质上就是海盗史。历史上蛇蟠岛曾经是"海盗窝"，由于明清时期的海禁，将渔农工商逼上绝路。于是他们在山海间会盟，前仆后继，在东海历史上，演出了一次次波澜壮阔的海上农民大起义，被当时的官府称为海盗。

其实，他们并不是横行在海上无恶不作、欺压百姓的盗匪。如被尊称为海盗祖师的孙恩，因其叔为官府所害，公元398年，孙恩逃海起义，转战吴越，麾

下集各路豪杰志士达数十万人。公元402年兵败台州，赴海自沉，如此气魄的英雄好汉，在海上成为一代枭雄。再如浙东海精方国珍，公元1348年，方国珍兄弟被官府逼迫逃亡出海举兵，为元末农民起义之始。方国珍拥巨舰千余，占据海道、阻绝粮运，元人由困至亡。二十年间与其兄弟子侄分守台、温、庆元三郡，保境安民，后降明朝，被朱元璋称为威行海上的英雄豪杰。还有净海王王直，他早年赴海经商，以信义获利，于官府攻剿中被推为江浙海商武装集团首领。公元1550年，王直以剿匪靖海之功反遭朝廷围剿，遂亡命日本，两年后重整旗鼓，威震江浙，后遭朝廷诱骗杀害。王直是明嘉靖年间徽商和东南海商的杰出代表，他对中日经济文化交流的贡献被史学界肯定，以今天的眼光去判定，王直在中国外贸出口领域里，可以称之为领袖人物之一。

景区门口五位海盗就是传说中当年在东海上赫赫有名、称雄称霸的东海枭雄，而独眼海盗显然昭示着他们无论是山海会盟，

还是海洋经略，都遵循着"盗亦有道"的传奇历程。

我在想、当年那些彪悍的汉子们都是怀着怎样的悲愤和无奈，走上了这条充满危险的道路，又是带着怎样的心情潇洒自如地驰骋在万里海疆，终于成为我们眼前的雕塑，警醒着后人"水能载舟，亦能覆舟"的千古信条。

"古今于一体，山水于一色"。蛇蟠岛的开发者们面对大海、石窟，把自己对自然与人文的理解，融化在这里的一景一物中，让来到岛上的人们流连忘返。

"岛同人朗，水与情长"，你可以站在高处远眺，水天一色，鸥鹭翻飞，岛屿隐隐，"海山仙国"景象尽收眼底；"谁言鬼斧神镂，竟是残山剩水"，你也可以来到洞中漫步，泉水流泻，盘曲交错，冬暖夏凉，神奇传说故事引人遐思……

一个岛，竟然承载了那么多的历史与展望。

那次蛇蟠岛杯世界华文诗歌大赛活动，我有幸荣获征文一等奖并与朦胧诗代表人物之一的诗人舒婷、《诗刊》主编韩作荣、《星星》诗刊主编叶延滨、《光明日报》副刊主编韩小蕙、评论家陈仲义等一批仰慕已久的老师近距离地学习，受益匪浅，影响至今。

时光流逝，人生的旅痕不会淡忘。

有些地方，一旦走过，就会记住那里的一些东西。或风景，或人物，或花草，或树木，甚至是那看不见摸不着、说无形似有形、透明却沁人肺腑的味道……

山岚烟霞，酱红石墙，黛青弧瓦，奇岩怪石，嶙峋交错，草木花树，清水游鱼……相隔10年后，如今，当年那个名不见经传的岛，已成为国家AAAA级旅游景区，集滨海观光、休闲度假、运动养生和文化体验为一体的旅游度假岛、绿色生态岛，所在的蛇蟠乡被浙江省政府命名为省旅游风情小镇。我记住的，依然是那海边有着既咸又腥的味道！

我相信，随着人们生活水平的不断提高，会有更多的人来到这个有着神秘传说的岛上，休闲、度假，品风味海鲜，寻历史典故，观海景仙境，赏奇石美窗，演绿寇海盗……

> 当你置身于蛇蟠岛
> 四周都是海的气息
> 风把海的味道传递
> 浪把鱼像鸟一样托举
>
> 我们可以闻着这味道
> 可我们不能带走它哪怕一丝一缕
> 海的味道在海的呼吸里
> 蛇蟠岛的味道在我们的记忆里

◎沈 江摄

菏泽牡丹灼灼开

 说起牡丹，就会想到蒋大为演唱的那首著名的《牡丹之歌》，想到牡丹之乡山东菏泽；说到菏泽，就会想起父亲说过的一个笑话。

 那年春天，父亲乘车到菏泽开会，没想到路上被导航导到了徐州。几经辗转，终于如期赶到了菏泽。到了菏泽，会议结束后，主办方安排他们参观了正在举办的牡丹节。父亲说，从来没有想到牡丹有那么多的品种那么多的颜色，陶醉在那一片花海之中，仿佛真的置身世外仙境，整个人都成为大自然美好的一部分，心情不知如何形容才好。

因为有车，那次父亲特意带了几盆盛开的牡丹，香玉、墨玉、绿牡丹、鲁何红等品种，塞满了后备厢和第二排座位。这些牡丹，在父母的照料下，在阳台上盛开了好几个月，后来因为过冬不知道如何养护而送给了养花专家。前几年，家里又从网上购买了几盆牡丹苗木，没想到也开出了鲜艳的花朵。

而知道牡丹也是中草药，则是因为沈宝山的医生要为自己的诊室起名字，一位名老中医选择了他喜欢的牡丹。牡丹还是中草药？我惊讶之余特意去查找了相关资料。

牡丹是我国十大名花之一，属于中国特有的名贵花卉，被当作中国的国花，素有"国色天香、百花之王"的美誉。有数千年的自然生长和1500年的人工栽培历史，九大色系、十大花型、

◎沈 江摄

上千个品种的牡丹无疑是春天里一道最靓丽的风景。每年4月，是牡丹花盛开的季节，品种繁多的各色牡丹争奇斗艳，历来为文人和百姓所爱。

牡丹能够傲然卓立于群芳之首，关键在于她的美，内在的美，外在的美，大度的美，潇洒的美和端庄的美。"落尽残红始吐芳，佳名唤作百花王。竞夸天下无双艳，独立人间第一香。"这是皮日休的《牡丹》诗，道出了牡丹作为"花中之王"的无比艳美。唐代诗人刘禹锡："庭前芍药妖无格，池上芙蕖净少情。唯有牡丹真国色，花开时节动京城。"（《赏牡丹》）以对比的手法，高度赞扬了牡丹。诗人李白也曾奉诏，即兴挥笔："名花倾国两相欢，长得君王带笑看。解释春风无限恨，沉香亭北倚阑干。"等千古绝句，以牡丹来比喻杨贵妃的美貌。

就像许多美好的事物都有美好的传说一样，关于牡丹的传说也被人们津津乐道。在《镜花缘》一书中，武则天令百花齐放，唯牡丹不媚不趋，不肯展露自己的容颜，武氏大怒，遂将牡丹从长安贬到洛阳。尽管这只是传说，但此后洛阳牡丹倒真的名满天下了。洛阳是九朝古都，其历史地位决定了它的文化地位，加之武则天贬牡丹到洛阳的传说，这就使洛阳牡丹更以传奇色彩而"甲天下"。此外，还有一些孝子救母、吕洞宾为百姓求牡丹仙子除瘟疫等传说，无不赞美为民造福的花中仙子、花中之王。

是啊，牡丹之所以被人们喜欢，不仅仅是因为她的观赏价值，她的食用价值、药用价值毫不逊色于其他植物。现今，人们晓得牡丹不仅是名贵的观赏花木，而且经济价值较高，花可酿酒，根可入药，牡丹皮有泻伏火、散瘀血、止吐衄之效。

先说她的食用价值，牡丹花可供食用。明代的《遵生八笺》

载有"牡丹新落瓣也可煎食"，同是明代的《二如亭群芳谱》说："牡丹花煎法与玉兰同，可食，可蜜浸"，"花瓣择洗净拖面，麻油煎食至美"，中国不少地方有用牡丹鲜花瓣做牡丹羹，或配菜添色制作名菜的。牡丹花瓣还可蒸酒，制成的牡丹露酒口味香醇。

而据李时珍的《本草纲目》记载，"牡丹以色丹者为上，虽结籽而根上生苗，故谓之牡丹"。还认为野生单瓣者入药为好，人工为观赏栽培的重瓣者气味不纯，不可药用。药用栽培者品种单调，花多为白色。牡丹花含黄芪苷，除观赏外也可入药，用于调经活血。以根皮入药，称牡丹皮，又名丹皮、粉丹皮、刮丹皮等，系常用凉血祛瘀中药，临床应用广泛。有抗菌、抗炎、抗过敏、抗肿瘤、止血、祛瘀血、清热解毒、镇静、镇痛、解痉等药性，还能促进单核细胞吞噬功能，提高机体特异性免疫功能，增加器官免疫力。

根入药、籽榨油、蕊制茶、瓣提露，籽粕做饲料，枝条和叶子做熏香，牡丹全身都是宝。牡丹色、姿、香、韵俱佳，又有如此之多的功效，怎能不受到世世代代人们的歌颂、赞叹、喜欢呢？而她，面对任何华丽的辞藻以及精美的词句也都应该会坦然接受吧？

"谷雨三朝看牡丹"。今年春天，我们也来到了花香满城的山东菏泽，只为亲睹牡丹之都的"国花"芳容。

当我们驱车直奔菏泽，立马被眼前一城繁花似锦的景色惊呆了。一路上，从乡野田间到景区公园，国色牡丹姹紫嫣红、竞相绽放、芳香四溢。

始建于明代、现为国家 AAAA 级景区的曹州牡丹园，是菏泽最大的牡丹、芍药培育和输出中心，也是中国面积最大、品种

© 沈 江 摄

最多的牡丹园。拥有牡丹、芍药、绿化苗木大田花卉生产基地近1600亩，包含牡丹观赏区、曹州牡丹园古谱区、桑篱园古谱花田区、牡丹芍药科研展示区、获奖牡丹花田和湖山景观区、野趣水景区、世界国花园景区、四季牡丹景区、十二花神景区等十二大景区。而现为国家 AAA 级景区的中国牡丹园，占地1200亩，相比于其他牡丹园区，中国牡丹园重在对牡丹品种的繁育与保护，园内栽植牡丹、芍药200余万株，品种900余个，其中百岁以上的牡丹200余株，四百岁以上的牡丹60余株，而且不乏珍贵稀有品种。园区内又增设了七彩滑道、轨道小火车、游乐场、齐鲁之星观光塔等设施，完善提升了滑雪场设施，大大增加了园区的可游玩性。园内许多区块还增加了方便游客近距离观赏、拍照的设施，使得身穿新中式、汉服的年轻人纷纷打卡拍照留念。人们发自内心的笑脸与盛开的牡丹相映成趣，尽显国潮风范，留下传统与历史相遇的美丽瞬间；更有身穿婚纱的新人们在这里留下人生最美好的时刻……

又是一年春好处，在此相逢花盛开。不负春光不负卿，百世芳香迎客来。

一色青绿养人心

提到浙江临海羊岩山茶文化园，我去过不下 5 次，每次去因为季节的不同、起因的不同、同去的人的不同，便有了不同的感受。

有几次是因为参加会议，匆匆地去，匆匆地走，甚至来不及仔细看一眼周边的环境，只是觉得夏天去很凉爽，冬天去很阴冷。有几次则是去采风，跟着一群会玩、会表达、会记录的同伴们，要么是搞音乐文学创作者的，大家沉迷于大自然的壮美，写下了优美的歌词；要么搞科普的或茶文化研究的，大家探究着这里的山水为什么会产出这么出名的好茶；要么搞文学创作者，大家各自用自己擅长的方式，抒发着"山不在高，有茶则名"的胸臆……

最近一次去羊岩山，是去年的春天。对我有知遇之恩的章伟林老师约了待我如母亲般的钱国丹老

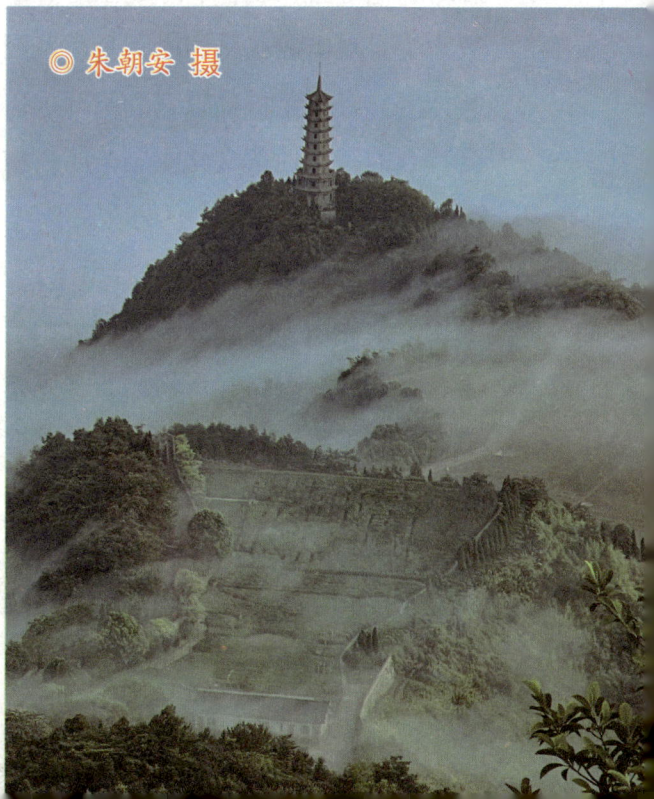

◎ 朱朝安 摄

师，到羊岩参加全省科普会议。这次活动，因为有了他们而别有一番意义。

羊岩山位于国家历史文化名城——临海市区西北 30 公里处。主峰海拔 786 米，登峰顶可东观三门湾，南瞻临海城，西眺括苍巅，北望华顶云。古以"山顶石壁上有石影如羊"而得名，今因出产"江南第一勾青茶"而闻名，曾荣获"中国美丽田园"和"浙江省生态旅游示范区"称号。

时令已过清明，明前茶已经采摘完毕，但微暖的气候让人感觉很舒适。加上漫山遍野、修剪整齐的茶树，令人心旷神怡。放眼望去，大自然赠予了羊岩山一副绝世容颜：清新的空气，秀美的山水，一望无际的茶园美景，气势雄阔的悬崖峭壁……

茶文化园占地约 20 平方公里，其中茶园约 5 平方公里，分别由羊岩茶道、羊岩之巅、茶乐园、茶生态园等四大功能区和祥峰塔、龙母宫、观音洞、龙王庙、山顶广场、茶乐园、茶迷宫等数十个景点组成，是国内首个集茶园生态观光、茶文化展示、品茗休闲、青少年科普教育和茶叶加工工业旅游为一体，以体验式为特点的综合性茶文化主题公园，空气里都弥漫着茶香，被人们称为养眼、养颜、养心的好去处。

除却漫野的茶树，羊岩山上还有很特别的石头。从地质学上说，羊岩山为上古侏罗纪的火山岩铸成，而如今山上可寻的石羊、石麒麟、石鳄等奇峰怪石，则是经长年累月的风化侵蚀作用形成。走近辨认、细观、抚摸，其造型之奇特，让人不禁感叹大自然的鬼斧神工。

我跟着钱老师和椒江区作协主席翁筱，沿着游步道走向山顶。

当地人说，如果遇到连续的强降雨，景区会出现十分壮观的云海奇观。大雨过后，绸缎般的云雾在茶山上展开，形状更会随心所欲地变幻，连绵在一起如滔滔云海，分散开来更似朵朵浮萍。茶山及巅峰云雾相幻化，意象万千，蔚为壮观。这些让你自由徜徉在梦幻般的意境里，腾云驾雾，宛如仙境。漫天的云雾和层积云似浪涛滚滚，随风飘移，构成一幅千变万化的"水墨山水画"。

"落日平台上，春风啜茗时。"在羊岩山，自然要细细品味闻名遐迩的"江南第一勾青茶"天然茶叶泡制的茶水。

我们到附近的茶叶加工厂、茶博物馆参观、品茶。羊岩山的鹅黄茶，还夺得过"国内绿茶氨基酸含量最高"桂冠。

主人又向我们推荐了特色"茶宴"，羊岩山庄的菜有很多都带着茶元素，以茶作原料，融合了饮食文化和茶文化的特色茶宴。如以"茶"入食锅巴茶香肉、茶叶虾、茗香鱼糕、太极勾青羹、红梅茶香骨、勾青抹茶麻糍、翡翠辽参、紫阳问道、红茶酱

◎朱朝安 摄

蒸鲥鱼，每一道都有着让人赞不绝口的特色风味。尤其是太极勾青羹，用鲜玉米加豆浆打成糊状，鲜茶叶打成汁，将虾仁海参及两种材料分别烧成羹状后，倒入太极磨具中形成太极状态。本品植物蛋白丰富，青花素含量高，是老人儿童食疗佳品。还有红梅茶香骨，下层茶叶酥，入口即碎的感觉让人停不下来。回味的时候基本上感觉不到苦，因为用的是羊岩山茶……

　　饭后，再来一杯羊岩山盛产的好茶，羊岩蟠毫、羊岩红茶、羊岩勾青等。轻嘬一口茶，细细品味，让茶香弥漫在唇边，齿间，呼吸间都是茶的芬芳，整个人都带了茶的清香。

　　羊岩山上的茶园，一色青绿你闻到了吗？

　　　　说好看一眼就走
　　　　你用美把我挽留
　　　　白云缥缈　拂去尘埃
　　　　初次相见　就已如相逢老友

　　　　说好看一眼就走
　　　　你用茶许我回头
　　　　勾青好喝　回味无穷
　　　　有缘遇见　一心只想能永久

　　　　说好看一眼就走
　　　　你用风让我驻足
　　　　绿叶掩映　群羊漫步
　　　　还没离开　已期待再次聚首

随意行走在昆明

有时候，"来一次说走就走的旅行"往往是说说的，真正行动起来难免受各方面因素的影响而难以成行。

但在这个三月，我们六个姐妹就真的是说走就走了，而且是

◎严佳伟 摄

"不走寻常路"。

因为王咪在昆明有公司，大家就有了落脚的地方，不用旅行社安排，行动自如。每天的行程临时起意，一早出门的计划也可能随时随地变化。好在大家都不是第一次来昆明，不用考虑谁玩过哪里谁没有去过哪里。只要是都没有去过的地方，上车后商量都可以。

阳春三月是旅游的好季节，为了避开人多的地方，公司严总当起了司机兼导游、摄影。

这个帅帅的暖男非常称职，不但每天给我们选好了要玩的地方，也选好了当地的特色小吃。短短几天，安排得非常紧凑又不疲惫，虽然是几个相对"冷僻"的地方，但是出乎我们的意料，就是这些旅行社不曾带我们去过的地方，却给我们留下了深刻的印象。

东风韵，红砖搭起的艺术殿堂

在去东方韵的路上，我还没有明白今天要去哪里，因为这个名字感觉不像一个地名，更不像是一个景区。

乘了近 2 个小时的车，严总说我们到了。

原来东方韵又叫东风韵小镇，位于红河州弥勒市，距昆明约150 公里，始建于 2014 年。这是一座集葡萄文化、自然风光、人文旅游为一体，文青味浓浓的特色小镇，也是一个集休闲度假、佛教文化、民俗体验、生态观光于一体的国家 4A 级景区。

东风韵是在一座农场原址的基础上建立起来的小镇，难怪会

© 邱幼棉 摄

用了"东风"这个颇具时代特征的名字。其中万花筒艺术馆运用了超现实和后现代的建筑风格，未用一根钢筋、一颗钉子，仅用弥勒本地生产的红砖搭建而成，被誉为"魔幻未来主义的魔幻城堡"。云南省政府的推荐词说："这是在红土地上意外长出的一组网红建筑艺术群，充满了原生态艺术的倔强与炙热，伸展着艺术家丰富想象和天才创意。"

大门入口的设计颇为怪异，似是乳房和红酒瓶的组合，据说它的最大亮点就是各种"奇葩丑萌"的建筑，最热闹的地方则是万花筒艺术馆的红砖酒瓶群。它由20多个形态各异的万花筒组成，设计之巧妙令人惊叹。虽然不是节假日，但是围着红砖墙打卡拍照的游客还真不少，大概是因为外观建筑的不洋不土、稀奇古怪吧。

严总介绍说，东风韵艺术小镇的设计师罗旭是本地土生土长的雕塑艺术家，原创是他的最大特点。罗旭曾进过瓷器厂，参加过建筑队，也曾进过中央美院城市雕塑班研修，既有实践经验，也有艺术熏陶。设计师就像一个不受任何约束的儿童，随心所欲地用红砖堆造和揉捏成各种形状的泥塑，千奇百怪、无章可循、异想天开、不伦不类。有的像酒瓶，有的像布袋，有的像古堡，有的像金字塔，也有的像远古时代的原始部落居屋，那架大风车则让人想起向它挑战的堂吉诃德。它让你进入一个你从未见过的，也想象不出来的怪诞世界。

© 邱幼棉 摄

我觉得最有视觉冲击力的，大概应数红砖建筑群和那个城堡里的陶塑千人合唱团。可谓匠心独运，千人千面，表情各异。定时会有一些演出，而且是他们的原创作品。恰巧我们同行的6个人都是黄岩欢乐合唱团团员，看到有这样一个"舞台"，大家都情不自禁地站到了台前，也有"主唱"拿起了话筒，很是有范。

景区内最值得游人驻足打卡的另两个景点是薰衣草庄园和七彩花田。看到一些宣传图片，由薰衣草庄园、七彩花田等大块色调构成的紫色版图，在云南特有的蓝天、白云、阳光、鲜花和红土高原背景中，紫花、紫叶、紫果、紫树，层层叠叠，争艳夺色，构成一个无比灿烂的紫色王国。所以东风韵景区也被称为滇中的"普罗旺斯"。

　　我们来的季节对于薰衣草开花来说稍微早了一点，但那湖滨边、湿地上、森林里、溪谷旁，一片片其他颜色的花，一丛丛绿色的树，同样是群英荟萃，美不胜收。

　　东风韵的每一个角落都散发着浓郁的艺术气息，有一种梦幻又灵动的美；牛哆啰、半朵云和万花筒，每一幢红砖建筑都充满艺术灵性。在这里，艺术与自然完美融合，盛开的花海、荷兰风格的大风车，浓浓的欧式风情油然而生。

　　终究，它是以特色而吸引着都市里紧张而忙碌的人们到此放松自己吧。

庾园，永不厌倦的风景

　　又是一个晴好的日子。

　　严总说今天去看一个曾经的私家花园，一个小众的景点，虽人少但景美。

庚家花园，也称"庚园""庚庄"，因其位于昆明大观公园南侧，现在也称为"大观公园南园"，与大观楼隔大观河相望。"庚园"内有"庚庄""鲁园"两个部分。"庚庄"系民国年间昆明市市长庚恩锡的私人别墅，鲁园系民国年间陆军38军99师第四旅少将旅长鲁道源的别墅，两园仅相隔一面墙壁。

庚园，始建于1927年，是云南机制卷烟工业的创始者、曾经的昆明市市长、园林专家庚恩锡的别墅。庚家身世显赫，庚恩锡其兄庚恩旸，策划了著名的昆明"重九"起义，也担任过贵州讲武堂以及云南讲武堂校长。其孙庚澄庆，是红遍两岸的著名歌星。庚恩锡为缅怀重九先烈，将其创办的亚细亚烟草公司生产的香烟命名为"重九"。

而庚园也是庚恩锡抵制外烟，将"重九烟"推向市场的第一场所，这座园林见证着云南烟草业的兴盛衰落。

当时民生凋敝、贫穷落后，庚恩锡留学回国后没有机会为地方贡献才能。1930年受命主持修建大观公园，同时把私家住宅也选在了大观公园南侧，并将之设计成一座典型的中国园林。北周庚信《小园赋》所写："余有数亩弊庐，寂寞人外，聊以拟伏腊，聊以避风霜；虽复晏婴近市，不求朝

夕之利；潘岳面城，且适闲居之乐。"庚园"由此得名。

　　园艺出身的庚恩锡，将中国传统建筑特色和西方特色相结合，这里既有中国传统的亭、廊、阁、榭，又有西方哥特式建筑的园景。刚踏入庚园正门，迎面而来的就是富有设计感的假山石头。继续往里走，处处可见园林假山，植被茂盛。园中荷塘溪流，柳堤环绕更有曲廊拱桥，小亭藤架交相辉映。

　　近百年前，庚园还是庚恩锡的私家别墅，外人不能探秘其中的清幽与静谧。故园里，一坊一桥；林木间，一亭一泉，饱含着百年故事。如今，庚园已向大众开放，寻常百姓也能徜徉其中，

尽享美景。

顺着园区小路向深处走，映入眼帘的是一大片荷塘。四周绿树掩映，花团锦簇，俨然就是置身于一幅山水画中。让人惊奇的是，湖塘里有一些白鹭，个别的一直站在那里不动，引得游客纷纷猜测那是真白鹭还是石雕的艺术品。有时候"真亦假来假亦真"，只要看到便好。大家只是途经，又何必追究呢？

我在别处观景竟然与大家"失联"了。伙伴们说你赶紧过来，这里还有两个混搭的打卡留影处。一个是中式青砖叠起的长廊通道，另一个是西式的古罗马圆形剧场式建筑。

眼前的重九走廊，是一条以景墙为主要形式，运用青砖、圆拱形等特色元素打造的长廊通道。穿行其间，明艳的月季始终陪伴左右，煞是好看。恍惚间，如同穿越了时空，来到青砖灰瓦的水墨江南。沿石径往上走两步，又来到古罗马圆形剧场，这里四周围绕着红砖墙，不同品种的月季靠着砖墙蔓延，将这里装点成了梦中花园。漫步其间，身旁都是花的身影，艳丽的红或淡雅的粉，与纯洁的白色交织在一起，每一朵都如此娇媚动人，在阳光的映照下，犹如绿叶上跳跃的

精灵，给人以无尽的美好与想象。

现在才明白，春城的文脉，不正是包括了昆明园林建筑的诗情画意吗？

人们钟情昆明的理由早已在文人笔下娓娓道来：如老舍的《滇行短记》所说"昆明美雅""心里都发出了香味"；如林徽因感叹的"昆明永远那么美，不论是晴天还是雨天"；如汪曾祺《昆明的雨》都带着多彩的滋味；如沈从文笔下昆明"跑马节"的热闹非凡……

在花团锦簇的春城，也许我们要做的，就是"闲看花开花落、静观云卷云舒"吧？

©严佳伟 摄

幽谧清凉丰泽源

我们去丰泽源依然是盲目的，之前似乎没有听到过这个地方。

在昆明的几天里，我们已习惯了依赖"暖男"严总。按照约定的时间下楼、上车，就不闻不问当天的行程，相信他反正会带我们去好玩、好吃的地方。

从昆明主城区出发，开大约50分钟的车程，严总说到公园了。

我心里纳闷，一座公园，值得我们在这么紧的行程里，花这么长

◎金峰攝

◎ 王 眯 摄

◎ 陶丹萍 摄

的时间来看？有同伴似乎猜到了我的心思，说小红书上介绍过这里的植物很出名，是拍照打卡的好地方。

我们走进园里，才发现这是一个入静通幽自在处。

严总说，这里是昆明滇池水之源头，是被称为昆明"后花园"的小众植物园。徐霞客当年非常喜欢这里的幽潭碧水，他曾在游记里做了标注："潭大不及二丈，而深不可测"。而清朝经济特科状元袁嘉谷、翰林钱南园、晚清民国才子陈荣昌也都曾有名句墨宝留于此。

我们沿着开满鲜花的碧水漫步，只见枝头绿肥红瘦，繁花次第而开，左岸海棠树，右岸樱花道，水面上漂浮着朵朵纯白色的花，顺着清澈见底地的溪流涌动，与岸上的粉红色花朵们相望相映成趣。

东道主王咪说，你们知道这是什么花吗？这就是"水性杨花"，又叫海菜花。

清澈见底的溪流中，白色的花与绿色的长叶子随波起舞，将一潭碧水映衬得如翡翠般动人，冰清玉洁，灵动得似春雪飘洒在空中。

我们几个都是第一次见到这种花，觉得十分好奇。这个用来形容女性的花，确实好看啊，怎么就变成贬义的了呢？

王咪说，在云南少数民族地区，一直视海菜花为"凤凰的羽毛"。是啊，远远望去，那些在水中摇曳的绿叶与水面洁白如玉的花朵，不正是凤凰的羽毛吗？流水潺潺，碧波荡漾，不就像一只正在悠然飞翔的凤凰吗？

海菜花的学名其实叫波叶海菜花。海菜花姓海，但实际上是淡水植物，这里的"海"和洱海的"海"一样，指的是大湖。海菜花名字里带"菜"字，是否能吃？据清代的《植物名实图考》里记载："海菜生云南水中……水濒人摘其茎，煠食之"。其实海菜花的食用部位不是茎，而是花葶——也就是花序轴，吃法一般是煮汤和炒菜，口感清爽滑嫩，还可以和米粉、辣椒等一起，腌成酸味的海菜鲊。和很多能耐受污染的水生植物不同，这种清丽

的花朵对环境的要求颇高。水清则花盛，水污则花败。云南大学植物生态学家曲仲湘教授曾指出，海菜花可以作为监测淡水湖泊污染程度的指示植物，即可通过观察江河湖泊中海菜花种群的分布情况，来判断水质的好坏。

原来，有些植物，一出生便高洁大气，譬如莲花，出淤泥而不染，生长环境再恶劣，能隐忍，贞静自守，一世清白。而有些植物，一出世就冰清玉洁，如海菜花。与莲花截然不同的是，海菜花的家园是清流世界，其性格敏感贞烈，但凡生长的水环境有点污染，她绝无妥协，会毫不犹豫让自己立即消失。

我们还是没能理解，现实中她怎么会被"污名化"了。

海菜花不管不顾我们的疑问，白色的花瓣簇拥着一朵鹅黄的花蕊，依然简单质朴，宁静素雅。叶丛沉浸水下，茎长得很长很细，这根纤细的茎，会把小白花送到离它根叶很远很远的地方……

这里是植物园，还有着许许多多其他的植物、动物。如莲荷、菱角、水芹、水蕨等十余种水生植物，以及白鹭、灰鹤、野鸭、秧鸡等水鸟，现已成为国家级水产种质资源保护区，有极大的生态示范价值。园内还有珙桐、山茶、牡丹、木兰等十余个专业类园区及百花园、树木园、果木园、水生植物园四个综合园区。

难怪当地人说，你往小桥上轻轻一站，不小心就步入了莫奈的梦幻花园，再多的辞藻也不足以形容这里的美好。

这里的九眼龙潭，水质清冽甘甜，呈微碱性。难得的是龙潭溪流之中，还栖息着濒危的滇池金线鲃、昆明裂腹鱼、云南光唇鱼、云南盘鲍、银白鱼、中臀拟鲿、侧纹云南鳅、昆明高原鳅等十来种野生土著鱼类。"水至清则无鱼"这句千古名言在这里被彻底推翻：金线鱼、裂腹鱼、云南鳅、锦鲤、虹鳟鱼等在清澈见底的池水中自由嬉戏，再现了《大鱼海棠》一条条大鱼在天空游弋的经典画面，美得令人窒息。

园内最有名的建筑，当数始建于明代，距今已有500余年历史的黑龙潭寺。黑龙潭寺红墙黄瓦，雕梁画栋，宝相庄严，与旁边的翠绿交相辉映。这里原为龙宫，后来逐渐成为与佛道融合的寺院。寺内殿堂楼阁庄严肃穆，石雕木雕精美绝伦，名人楹联、匾额、题词珍品荟萃。潭畔屹立的黑龙王神庙门前，高悬光绪皇帝御笔亲题的"盘江昭佑"匾额。古往今来，人们多喜来此寻源览胜，敬神祈福。

严总独自到二楼，自上而下为我们以红墙为背景拍下了陶醉的瞬间。

"不入园林，怎知春色几许？"草木寄深情，最是抚人心。无端想到了徐志摩的诗句："软泥上的青荇，油油的在水底招摇。"

这个春天，滇源丰泽源植物园令人意动神迷。

在斗南携一枝"浪漫"

早就听说"云南十八怪，鲜花论斤卖"，没想到此行我们竟然有机会去逛了被誉为"亚洲花都"的鲜切花交易市场——昆明斗南花卉市场。

朋友说如果到昆明，一定要去斗南花市，一定要带走鲜花般的好心情。

完成了上午的行程，吃完特色小吃野生菌煲，我们被带到了

© 严佳伟 摄

斗南花卉市场。

　　从地下停车场出来，猛一抬头，就看到了标有"斗南花市"红色字样的白色大楼伫立在眼前。严总说斗南花市是国家 3A 级旅游景区，是仅次于荷兰阿尔斯梅尔的世界第二大、亚洲最大的鲜切花交易市场，不仅满足国内的鲜花需求，还连接着 46 个国家和地区。在中国，每卖出 10 支鲜切花，就有 7 支来自昆明斗南，而云南省 80% 以上的鲜切花是在斗南花市交易的。斗南花市已成为中国花卉市场的"风向标"和花卉价格的"晴雨表"。有"斗南花市涨一元，全国鲜花涨三块"之说。而且这里不仅是花卉的集散地，更是一个集花卉交易、旅游观光、文化体验于一体的综合性市场。

　　由于云南纬度较低，地处云贵高原，海拔较高，光照充足，夏季较凉爽，冬季较温暖且受低温冷害影响较小，昼夜温差大，有利于花卉的生长和开花。此外，云南地处于亚洲季风的控制下，雨水充沛，为花卉提供了良好的生长条件，使这里可以种植许多其他地区难以栽培的花卉品种。这些花卉以其鲜艳的颜色、丰富的花形和芬芳的香味而闻名于世。而且，由于云南的地理位置相对偏远，许多花卉可在较为原生态的环境中生长，从而保证了花卉的质量和品质。

斗南花卉市场的发展历程可以追溯到20世纪80年代。最初，斗南只是一个以花农种植和销售花卉为主的村庄，但随着市场经济的兴起，斗南人开始意识到只有市场化才能更好地推动花卉产业的发展。

40年来，昆明斗南从"花田"到"花街"，从"花街"到"花市"，从"花市"到"花都"，一跃蝶变为亚洲最大的花卉交易市场。

绕过满地的鲜花，进入市场的大门，一下子就被里面的嘈杂声、清新的植物气味和沁人的花香所包围。空气中弥漫着花香，买花人在鲜花的海洋中徜徉，尽情享受"一次看尽云南花"的快意，恍惚间以为自己身处某个菜市场。这种别样的烟火气背后，是鲜花带给人们的希望、温暖和欢乐。

花市主要分三层，里面品种繁多，丰俭由人。第一层是主卖各种鲜花的，分为固定摊位和用推车摆卖的流动摊位。只需花上5块10块，就能享受一大把鲜花簇拥的快乐和满足。康乃馨、玫瑰、向日葵、百合、牡丹、郁金香、满天星、勿忘我等1600多个品种的鲜花可任意挑选，而且价格相对"亲民"。很多摊位还提供包邮服务，当看出我们不是本地人，就热情地打招呼，说可以在我们到家的时候收到快递的鲜花，那样就可以和远方的家人朋友共享这一刻的浪漫和快乐。

花市的二三层主要是卖多肉植物盆栽和一些稀奇小玩意儿的。不同店铺的装修风格会有不同，共同构成市场的五彩斑斓，还有售卖干花、永生花的店铺。

斗南花市白天、夜晚都营业，白天主要是经营零售生意，因为游客多数是白天去，而夜晚主要是进行批发交易，批发商和采购商都会云集于此，夜晚的鲜花会更多一些。花市的夜市通常是 8：30 左右开

© 严佳伟 摄

市，据说市场开门的时候，批发商蜂拥而入的情景还挺壮观的。

有传说"没人能空手走出斗南花市"。看着"满世界"的鲜花，我们相约回去休息一下吃了晚饭再来买更新鲜的花带回家。可是，当我们到有名的杨丽萍生活艺术馆——孔雀荟吃了特色菜后，实在觉得不想再拼体力去逛花市了。

人生有些事想做的时候不能拖，一拖就成了遗憾。好在大家都很豁达，留点念想吧，下次有理由再来昆明。

在可邑小镇，体验原生态的民族文化

可邑小镇位于红河州弥勒市西三镇中西部，海拔 1930 米，是中国少数民族特色村寨，曾获全国生态文化村和全国 100 个最美休闲乡村，以彝族支系阿细为主，少数民族人口占 98.68%，森林覆盖率达 80%。"可邑"，在彝族阿细语中意为"吉祥如意的

地方"，至今已有 360 多年的历史，是世界十大名曲"阿细跳月"的发源地，也是阿细创业史诗《阿细先基》最盛行的地方。这里有阿细跳月、阿细祭火、阿细斗牛、阿细摔跤等民族文化底蕴深厚的特色活动，民族风情独具一格。

我们是午饭后到达这里的。午后的天气有些微热，人也有些慵懒。本来是应该沿着蜿蜒的山间道路缓缓前行，在森林环绕之中穿梭，呼吸着新鲜的空气，看着满目的苍翠，静静地在天然氧吧里遨游，但大家决定乘坐中巴车进山。

车窗外，凉风习习，第一个映入眼帘的是密枝仙境。整个密枝仙境以木栈道环绕，全长约 2 公里，栈道蜿蜒曲折，曲径通幽。密枝山处处是景，沿途有迎客门、相思树、蟒蛇路、神药崖、小石林、云雾洞、相思桥等景点。山坡上的崎岖小巷里，错落分布着一座座石砌的院墙。

　　司机说，有一头巨大的石虎傲立山顶，守护着村落里的人们。虎被彝族先民敬奉为原始图腾，成为吉祥与幸福的象征，虎的形象在彝族的历史、艺术、生产和生活中随处可见。可邑小镇这头老虎长 18.2 米，宽 7.2 米，高 17 米，重达 5000 多吨，基座四周雕刻着关于彝族阿细人与虎的图腾传说，雄壮威武。

　　阿细人祭火、敬虎、跳月，信仰天地万灵。从钻木取火到供祭火神，阿细人世代与火结缘；从神话传说，到图腾崇拜，虎文化特征无处不在。可邑古村流传着一个传说，一天电闪雷鸣，村里的青壮年还在外面打猎，老人们带着小孩躲到山洞里，听到虎啸逼近后，老人们吓得带上小孩立刻逃出山洞，却忘了女首领的儿子还在山洞里。当女首领回来时，谁也不敢去营救小孩，因为山洞门口有两只老虎守护着。僵持了七八天后，女首领认为就算

© 严佳伟 摄

孩子没有被老虎吃掉，可能也饿死了。又过了两天，守在洞门口的两只老虎不见了，于是大家跑进山洞，发现小孩不但没有被老虎吃掉，反而被老虎的乳汁喂养得又白又胖。毕摩认为是母虎神转世，给小孩取名"罗母"，意为"老虎"。罗母从小身强力壮，长到十多岁便成为了阿细人的首领。从此，阿细人便成为一个信虎、奉虎、畏虎、崇虎的民族，后来建造这座石虎，每年农历三月属虎日，在"虎啸山林"祭祀老虎。

走进村子里，错落有致、色彩统一的古村落别具特色，随处可见彝族文化的气息。土黄的房屋墙壁上画着阿细跳月不同年龄段的舞蹈动作，生动形象，栩栩如生。

每天下午 1 点半、3 点半，阿细跳月广场各举办一场表演，由村里男女青年们穿着阿细特色服装演出。我们有幸看到了非遗舞蹈"阿细跳月"。弥勒是"阿细跳月"的故乡，阿细跳月发源地却在可邑。相传在远古时代，阿细先民经历天火之灾得以生还，人们欣喜狂欢，站在被大火烧焦变烫的土地上，不得不快速交换两只脚，边跳边踢，慢慢形成了舞步。据说这支舞跳到了北京，如今成为非物质文化遗产。节目中有节奏韵律感十足的霸王鞭舞，有野性十足的阿细刀叉舞，还有必不可少的"阿细跳月"舞。

小镇历经千年风霜，仍旧熠熠生辉，在斑驳的时光中静静地诉说自己的故事。原汁原味的民族文化让人心驰神往，来到这里就是欣赏非遗民族文化的最佳视野，大家乘兴而归。

大理：多情无情总相宜

天意园：夏日如许，踏歌而行

我以为天意园是没有故事的。

因为那些建筑看上去感觉太新了，只有形式上的仿古。

后来才知道，它不仅有故事，而且是南诏大理国的后花园。

我们是参加一个名为"夏日如许，踏歌而行"的活动来到这

◎ 郑宏东 摄

◎ 沈 江 摄

里的，之前来是跟着旅行社游览，估计像这种园林式建筑里，更适合体验岁月静好，那种匆匆忙忙打卡的行程，应该不会安排在这里。

灰瓦白墙，绵延的廊桥与水榭，在天薹园，自然以另外一种形态进入生活，那正是契合明代文人生活方式的中式园林空间。流水寓意生机，山石模拟大地，于一方小小庭院见天地。

翠华楼、曼陀花雨亭、引鹤桥、大理国祠、观景台……到处池水青绿，沁人心脾。走过长长的古木廊桥，仿佛穿越了时空隧道，来到一个与世隔绝的桃源仙境。

大理"天薹园"皇家园林景区，耗时十三年精心重建，再现了宋大理皇家园林的辉煌，也为世人呈现了一座卓越的艺术殿堂。

原来，这里就是金庸先生笔下"段王爷御花园"的缩影，这里又是天龙八部的拍摄地，这里更是世界了解大理古都的窗口。

我们游走在这座沉浸在历史长河中的古典园林，欣赏到这座园林最原始的美态。

　　苍劲古树的树皮上布满了历史的痕迹，散发着深邃的智慧，亭台楼阁间不经意的花鸟声韵，好像在诉说着天熹园独有的故事。这里四处都依然保留了那份皇家庄园独特韵味，仿佛可以看无数历史的印记在古朴的砖瓦间流转，每一步都似乎走过了千百年的光阴。

　　主办方为我们准备了一系列体验活动，模仿古人的趣味投

◎ 郑宏东 摄

壶、吸引年轻人的猜金曲、新鲜刺激的 365 度环拍、化妆古风拍照、巧手香囊制作、新奇非遗漆扇、大理风味特色小吃……融汇了视觉、味觉、听觉和全身心的体验。尽兴之间，时间在不知不觉中悄然而过。

高耸的苍山作为背景，洱海的碧波在远方闪耀，我们看到好几对新人在园内拍婚纱照。那些传统的服饰与周围的景观如此默契、融合，把新人的诗意和浪漫都写在了脸上。而这里光线的柔和，花朵的香气也融进一束束光照里，又让每一个角落都成了摄影师的理想取景地。

感受山河浪漫，心中常怀温暖。虽然明知道那些春天的花美丽得短促，可是它们依然尽情地享受美好，阳光下与自己的影子共舞。

我们在桥上为新人们让行，也深深地祝福，在大理这个风花雪月、山盟海誓的浪漫之地，有情人终成眷属，青春永远美好。

或许有时候去远行，在一个城市停留一段时间，找寻的并不仅仅是那里的风景或古城本身，而是唤起在心底的某些记忆，让心得到一段安宁。大理这个山盟海誓的地方，确实值得一去再去。

错过的寂照庵

从苍山清碧溪乘缆车下来后，在路边无意中看到了那个早已闻名的寂照庵。

因为中巴上的同行者已经在等我们，所以没有时间走进去了，但是我把照片拍了下来，告诉了寂照庵的设计者高鲁东先生。高鲁东说："可能错过吃斋饭时间了，上去后找住持妙慧师父，就说是我朋友。"

其实我早已从高先生那里知道这个地方了，只是路盲的我没有事先做好攻略，只能"过门而未入"了。人生终归要有一些东西会被错过，让人留点念想，以期下次再来。

高鲁东早几年发给我一些正在设计、施工的寂照庵照片。那是些衰败的砖墙、破旧的房屋。他说，寺院的住持妙慧法师，8岁时在苍山感通寺照顾年老生病的出家师父，就这样与佛法结缘。几年后师父往生，回到家中的她对世俗生活已经

◎ 高鲁东 摄

125

提不起兴趣，14 岁那年回到山上剃度出家，之后来到寂照庵成为住持。多年前，寂照庵一年也没几个香客。因为经济困难，连油灯和香火也供不起，妙慧法师只能发心"以花供佛"。

与我同样是部队大院长大的高鲁东先生，十多年前由于走错路与妙慧法师结缘。成为建筑设计师以前，18 岁的高鲁东就获得了皮划艇全国冠军，参加了 1984 年洛杉矶奥运会。25 岁的他又成为国家队教练。40 岁时，因为单纯的喜欢，华丽转身又成了一名建筑设计师。他说他在建造一栋房子之前，会在工地待很久。只是一个人安静地待着，抽烟、观察、感受现场的光线和风，还有周围植物的分布状况。设想在未来的每个角落，要呈现出怎样的状态，才能令使用的人觉得既安心又舒适。

近些年，他帮助寺院以有限的资金，无偿改造出了如今的寂照庵。高鲁东的作品不强调形式，力求以最大程度弱化"设计感"，完全为满足房屋主人的需求和生活习惯而建造。没有多余的诠释，却给人以清新沉静的意境，又蕴含了毫不做作的禅意。连接着大殿和后院的拐弯处有一面白墙，上面有一个大大的"禅"字，那是高鲁东在改造寂照庵期间，随手拿了一个小扫把，直接挥手写上去的，如今成了寂照庵游客拍照留念最多的地

◎ 高鲁东 摄

方。天花板上的鱼池，巧妙地将自然之光洒落于室内，光又把晃动的水影投到墙上和地面。每一片刻的光景都不一样。

改造后的寂照庵四处弥漫着朴素无造作的庭院之美，鸟鸣虫唱的自然之美，还有令人着迷的日常生活之美。虽是寺院，或许因为由女众打理，寂照庵突破了人们刻板印象中寺院的严肃，转而充满了生动而有活力的日常细节。

现在的寂照庵，无论何时上山，都能闻到草木微微辛辣和泥土的气息。置身于山气之中，风声、虫鸣、鸟语将周身充满，整个人与大自然融为一体。慕名而来的游客渐渐多起来，有信众，有外来移民，有单纯只是为了吃斋的食客，有文艺青年，有本地生意人……来到寺院的人们，必定会感受到这里的人们对花草、对食物、对环境，如信仰同出一辙的礼敬。

高鲁东提到的寂照庵素斋，已经被很多人熟知，只提供大理本地的应季食材——青菜、土豆、南瓜、辣椒、豆子、茄子、莴笋、莲藕、白菜……遇到传统节日，或许还能吃到庵堂里自己制作的时令食物，如青团、月饼、枣糕、粽子、糍粑、萝卜干、腐乳或丁香酱之类。

寺院也自有规矩，若是一时贪心打多了饭菜，造成食物浪费，会被要求跪一炷香的时间。它只是给人们提个醒，多说几句谢谢，少浪费几粒米，安静有序地排队，对植物花草给予更

多爱惜，对他人的付出多一些看见……这些小事，都是身为一个普通人可以做到的基本礼仪。

有些东西真的能化腐朽为神奇。如今这里的确是一个网红打卡地，虽繁花似锦，却令人安静，远离喧嚣和繁杂，真的是养眼养心。人们在一花一木中感受大自然的美好，留住时光静好的当下。

在海舌公园聆听大地之歌

到大理的海舌公园有些费周折。前几年公园在维修完善，没有对外开放。公园经过四年闭园修复，2023 年恢复对外开放，但我们来的时候还属于为保证生态环境承载力采取的提前预约、限流进园措施的时期。

我们以为同在洱海边，公园离市区不会很远。没想到车子开了一个多小时才到目的地。

这个位于喜洲镇东北部的免费公共园林，设在大理唯一一处"站在景中又观景"的湖中半岛。万花溪从苍山上蜿蜒流下，在此注入洱海，与缓缓流动的海水相遇交融，使得海舌半岛两侧的海水呈现截然不同的动态——一边是浪涛缓缓拍岸，一边是微波轻吻沙滩。

◎沈 江摄

◎沈 江摄

　　离歌手小娟与许巍联袂举办的"大地之歌·山海音乐会"开演还有一点时间，我们沿着三角梅花柱大道向半岛的舌尖部慢行。只觉眼前越来越开阔，渚清沙幼，水碧鸥白，静谧安详又不失勃勃生机。绿树成荫，不少树木都长在水中，或笔直或婆娑，各有姿态。大理的天气暗得晚，快下午五点了太阳还很明亮，夕阳余晖洒在林间、水面上，行走在其中的人们也沾染上绚丽的柔光。

　　从洱海生态廊道走到海舌公园门口的路刚好是 520 米，从公园门口走到延伸入海的舌尖处，刚好是 1314 米，看得出设计者的匠心独运。海舌让人沉醉的旖旎风光里，自带浪漫的爱情色彩。大理市充分利用自身已有的自然优势和人文优势，在已有的"风花雪月"基础上又加上一张大理名片——"苍山为盟，洱海为誓：中国最佳爱情表白地"。

路边有一处景点吸引了许多途经的游客。原来这里是国家级非物质文化遗产保护项目"白族三道茶"传承人开设的"白族三道茶"体验中心。

驰名中外的白族三道茶，以其独特的"一苦、二甜、三回味"的茶道早在南诏大理国时期就已成了白族人民待客交友的一种礼仪。起初白族三道茶是一种宾主抒发感情，祝愿美好，并富于戏剧色彩的饮茶方式。喝三道茶，当初只是白族用来作为求学、学艺、经商、婚嫁时，长辈对晚辈的一种祝愿。随着时间的推移，应用范围已日益扩大，成了白族人民喜庆迎贵宾时的饮茶习俗。2014年，"白族三道茶"经国务院批准列入第四批国家级非物质文化遗产代表性项目名录。

第一道茶叫"苦茶"：苦茶是用陶罐盛普洱茶边烤边抖至百

◎沈江摄

次，黄而不焦，冲以沸水烤制而成。此道茶香味扑鼻，具有提神醒脑的功效，富清苦之意，代表的是人生的苦境。人生之初，举步维艰，创业之始，苦字当头。面对苦境，我们唯有学会忍耐并让岁月浸遗在苦涩之中，才能慢慢品出这道茶的清香，体味出生活的原汁原味，从而对人生有一个深刻的认识。也就是说人生首先要敢于吃苦，才能获得兴旺发达！

第二道茶叫"甜茶"：甜茶是用生姜、甘草红糖、乳扇丝、核桃片，冲入清淡的头道苦茶底制作而成。此道茶甜而不腻，具有美容养颜的功效，寓苦尽甘来之意，代表的是人生的甘境。经过困苦的煎熬，岁月的浸泡，奋斗时埋下的种子终于发芽、成长，最后硕果累累。这是对勤劳的肯定，这是付出的回报。也寓意着幸福生活来之不易，前程似锦，甜甜蜜蜜。

第三道茶叫"回味茶"：回味茶是用生姜、花椒、桂皮、蜂蜜冲入清淡的头道苦茶底调制而成。此道茶麻、辣、甜、香，具有解表散寒的功效。寓示历经沧桑变幻，回归本真之意。这道茶回味无穷，代表的是人生的淡境，也就是说人生或者是事业在前进的道路上要经常反思与回味，走得再远都不能忘记来时的路，不忘初心！

岁月蹉跎，沧海桑田，如今，"三道茶"这一独特的茶道被赋予了更多的文化内涵。

当我们品好茶，演唱会即将开始了。《山谷里的居民》《再回首》《往事随风》《爱的箴言》《像风一样自由》《无尽光芒》……小娟的舒缓与许巍的豪放，在这美好的傍晚激起人们的共鸣，一首首耳熟能详的曲目在山海间回荡

坐在海舌公园的"舌尖"，观远处沉稳的苍山，身旁静谧的

○ 沈 江 摄

洱海，附近翠绿的树林，透过云层散射的阳光，悠然翩飞的水鸟、机灵萌动的松鼠……

这里的每一棵树仿佛都承载着岁月的记忆和故事。当你漫步于林间小径，或是倚靠在苍老的枝干旁，光影斑驳，宛如仙境；洱海的波光粼粼和树影交织成一幅幅生动的画面，树影婆娑，翠绿盎然，构成了绝佳的光影梦境。

这样的"洱海之灵"，这样的大理，自由而多元，不正是诗，是远方，是真实可抵达的理想国？

难怪当地人自豪地称："有一种生活叫大理，有一份浪漫在海舌"。

苍山十八溪，最美是清碧

都说云南是七彩的，我们在大理，遇见了绿色的清碧溪。

清碧溪为苍山东坡十八溪中一溪，位于苍山山脉南端的马龙峰与圣应峰之间，离下关和大理古城都不远。清碧溪峡谷形成于距今 5000 万年以前的喜马拉雅造山运动，苍山在抬升过程中受到近东西向断裂切割，又受到流水侵蚀、冰川刨蚀、重力坍塌等作用而成为峡谷。《大理府志》记载：峪有三盆，涧水三叠，盆中水清石丽，翠碧交加。

我们到清碧溪时已是暮春。四季如春的大理生机盎然，到处有鲜花的点缀，到处游人如织。

这里地处大理苍山联合国教科文组织世界地质公园。大理苍山 19 峰 18 溪蜿蜒曲折，呈巨龙状盘旋在苍洱大地，龙头就在感通索道所处的圣应峰，龙尾在蝴蝶泉。我们从全长 2630 米、海拔 2260 米的苍山感通索道坐缆车而上，从缆车上向下俯瞰，洱海两岸风光尽收眼底。在海拔 2523 米处下了缆车之后，先是硕大的"珍珑棋局"出现在眼前，方形棋盘设于林间，与天空形成天圆地方之势，汇聚天地之灵气。从棋局出发，沿山径可以顺山势而上，清碧溪就一层层、一潭潭地展现在人们眼前。

大理人常说，没有赏过清碧溪就等于没来过苍山，清碧溪是苍山十八溪中最美的一段。明崇祯十二年（1639 年）三月十二日，徐霞客游览了苍山清碧溪。在他笔下，清碧溪之美，宛若如梦如烟的画境，给他留下深刻印象。他在《滇游日记》对清碧溪不吝赞美之词，称其"其色纯绿，漾光浮黛，照耀崖谷，午日射其中，金碧交荡，光怪得未曾有。"

清碧溪分为三潭，在栈桥旁的是下潭，只见潭水清澈见底，游鱼细石，直视无碍，潭水远处为深青色，似乎深不可测；近处小石布底，如卵如珠，水波浅纹，影布石上。再抬头往高处望去，两岸石壁，陡峭生姿。不知道为什么，我们没有看到飞瀑从峭壁间跃下跌落潭中的情景。或许是多日没有下雨？人生总有些遗憾，给人以念想，给人再次重游的理由。

沿途峭壁上有石刻群，明清以及民国三个时期的摩崖石刻中大部分为祈雨求福类题刻，也有吟诵苍洱美景的题刻。最为突出的是明代石刻"禹穴"，为明太守杨仲瑗所书，题刻以大禹劈水之典故，隐喻破千仞石壁喷涌而下之清碧溪流乃当地滋灌农桑之重要泉源。

杨太守以大禹劈山引水的典故来形容清碧溪大峡谷，可谓神来之笔。他把中国神话故事与苍山溪流相结合，一来点出苍山文化历史之悠久，二来说明山下农庄用水之来源，黎民百姓吃的是这山和水，把大自然鬼斧神工给写活了。

路边出现了一条斑驳破败长满青苔的小木船。这么高的地方，这小木船何时又因何能"搁浅"于此？人间有许多谜，有些需要解开，有些则成为永远的秘密。

清碧溪的溪水潺潺流淌于山间，下行缓缓注入洱海，溪水没有迅猛奔腾的气势，但却给苍山增添了别样的柔情，我们一路上时而听溪水潺潺声，时而驻足观赏林间松鼠恣意欢跃。

当年徐霞客是如此形容三潭："则水从门中（峡口）突崖下坠，其高丈余，而下为澄潭；（潭水）波光莹映，不觉其深；方广各二丈余，其色纯绿，漾光浮黛，照耀崖谷，午日射其中。金碧交荡"。碧玉般的清碧溪上游三潭令旅行家目眩神驰，激动的徐霞客"为石滑足，与水俱下，倾注潭中，水及其颈，亟跃而出，踞石绞衣"。

徐霞客踩着山峰边的沟槽而行，不小心滑倒，随着倾注的水流被冲到潭中，急急的水流已经到了脖项。幸好有惊无险没伤到骨肉，时年 53 岁的徐大侠客从水中腾跃而出。

落水后的徐霞客，心情并没有受到影响，反倒大好，享受着触手可及的山水之美，自然之空灵。《滇游日记》中，记下了这样一幅美好而写实的画面："踞石坐潭上，不特影空人心，觉一毫一孔，无不莹彻。亟解湿衣曝石上，就流濯足，就日曝背，冷堪涤烦，暖若挟纩……"

徐霞客坐在潭中的石上，把湿衣服放在岩石上晾晒，阳光暖暖地晒着脊背，脚下是潺潺的流水，冷水涤去了烦忧，艳阳暖如丝棉，内心无比通透舒畅，感觉从未有过的惬意。

"久之，崖日西映，衣亦渐干，乃披衣复登崖端……"湿衣渐干，富有探险精神的徐霞客，兴致勃勃地穿上衣服，又溯溪而上，游览悬于陡涧峭崖之中的中潭、上潭，"水从上涧垂下，其声潺潺不绝，而前从块石间东注二潭矣……"

回程下山的缆车上，绿色的植被在脚下绵延，登山者喜爱的小径像细绳一样在山中蜿蜒。远处的田野和洱海连成一片，古城的屋顶在它们中间泛起一片灰白色。远眺洱海，它像一位恬静温柔的少女偎依着秀美的苍山。古老的苍山，柔情的洱海，让这片土地演绎着风花雪月的动人传说与故事，大理也因此有了别样的浪漫与风情！

大理归来不看溪，此言非虚。

遥远的香格里拉

独克宗：月光下的不夜城

　　为了一睹香格里拉的芳容，我们经过了漫长的等待。

　　好客的秦旺一家告诉我们，到香格里拉一定要选择在夏天。因为冬天那边绿色植物很少，内地人去了会缺氧，不适应，也就是人们常说的高原反应。而每年的六月至十月，比较适合内地人前往这个"离天堂最近的地方"和"地球上最后的世外桃源"。

　　六月下旬，我们从台州出发，由云南昆明转机，来到了梦寐已久的香格里拉。

　　香格里拉这个词来自英国人詹姆斯·希尔顿在 20 世纪三十年代初写的一本小说《消失的地平线》，书中描写的地方是一块永恒和平宁静的土地，是个有雪峰峡谷、充满神秘色彩的庙宇、宁静的湖泊、美丽的大草原及牛羊成群的世外桃源。香格里拉在藏语有"心中的日月"之意。

　　一下飞机，秦旺弟弟黑七就早已在等待我们了。

　　黑七果然长得很黑。因为他在家里排行老七，加上皮肤从小黝黑，所以大家都这样叫了。他的大名怎么称呼，我至今没有记住。只是觉得他是一位话语不多，但很帅气能干的藏族小伙。

　　香格里拉的道路非常好。黑七开车技术也很好。没过多久，就看到一座白塔了。此后在香格里拉的几天，我们经常途经这座白塔，看到白塔，就觉得快到古城独克宗了。

独克宗古城在云南省迪庆藏族自治州香格里拉市，已有1300多年历史。"独克宗"在藏语中有"建在石头上的城堡"和"月光城"之意。建城历史悠久，最早可以追溯至唐初，那时独克宗便成为滇藏贸易往来的高原重镇，茶、糖、铜器、羊毛、酥油、虫草等都在这里汇聚、转销；清朝时期，滇、川、藏、青及闽、陕、晋、湘、赣商云集独克宗；清末到民国初期是鼎盛时期，在此设号的大商店达一百余户，形成"巨商堡垒"，被当地人称为"丝格出丁"（金塔之地）。

独克宗古城位于建塘草原中部，雪山环绕，1平方公里的土地上生活着藏族、苗族、白族、纳西族、普米族、傈僳族、回族等世居民族，多民族文化在此共融相生、交相辉映。这里曾是茶马古道的枢纽，也是中国保存得最好、最大的藏民居群。

古城依山势而建，路面起伏曲折，阳光照在房檐上闪烁着金光，一眼望去，古城里处处金碧辉煌。精致的壁画、飘动的彩旗、精心雕琢的瓷器……行走其间，总会产生时空穿越般的错觉，千年前茶马古道的繁荣犹在眼前。

与那些极度商业化的古城不同，独克宗依旧保有其独特的魅力。古城里杨氏家宅、马铸才商铺等

数十处历史建筑和街区充满了岁月的痕迹，行走其间，民居雕檐画柱、门窗彩饰，纷繁细润，令人惊艳。布诺皮雕文化艺术馆、藏绣文化艺术学院、唐卡画院铸记博物馆等星罗棋布，可以体验到独属于独克宗的风采。

而要领略浓郁的当地文化，不妨前往神秘的龟山公园，山巅的大佛寺与噶丹·松赞林寺在一条轴线上南北对望。这里可以俯瞰整个独克宗古城。山顶有一座重达 60 吨、高 21.45 米的吉祥如意幢（转经筒），需数人合力才能转动。筒内还有着各种经咒、真言 124 万条，幢外刻有雪山、江河、森林以及藏族传统的吉祥八宝、民族大团结、伟人名言等图案。

黑七说，转动经筒一圈相当于念经一遍，如果你怀着虔诚的心转满三圈，且转的圈数不为双数时，就会获得好运。

我们此次采访，就是住在古城月光广场一条小街上的"润兰林卡"民宿。干净整洁的藏式房屋，与干净整洁的街道协调地融为一体。街上有许多照相馆和服装出租店，沿路可以看到各种年龄段的照片，很美、很"藏族"。身边不时走过穿着藏服的美女，跟随着的是摄影、摄像师，一路街拍，将不夜城的景和蓝天、白云

定格在美好而静谧的瞬间。街上有不少人在走动，但一点都不喧闹。入夜，隔着小街，目光穿越几米远的对面的屋顶，就可以看到不远处闪着金光的转经筒。

夜晚，独克宗变得空灵悠远。黑七说，此刻那边龟山下的月光广场上篝火应该已经点燃，深情的锅庄早早围转，奔放的弦子也已撩动心弦。人们从四面八方涌来，相约在这里自由地跳着、唱着，汇成欢乐的海洋。建塘锅庄舞极具民族特色，早在2006年就被列入国家第一批非物质文化遗产名录。可惜我们晚上都在黑七家里聊天，错过了体验这里的民族风情。

第二天下午，我们从虎跳峡回来，黑七带我们去了独克宗花巷。这里汇集了香格里拉风物人文，不仅有文化风情街、当地家居体验馆、非遗活态体验馆，还有世界海拔最高的室内歌舞剧《遇见香格里拉》。

每一位到访香格里拉的旅人，都喜欢漫步独克宗古城，用脚步丈量这座千年的茶马古道重镇，并震撼于这里保存着的中国最

好伴侣
Good companion

大、最完好的藏族民居群。主人说，如果不赶时间，那就在独克宗古城住几天，当清晨第一缕阳光照耀在松赞林寺，穿着传统的藏服，说一句扎西德勒，愿离苦得乐，愿世间万物幸福美满。

虎跳峡：两山夹斗石为门

到达香格里拉的第三天上午九点半，弟弟黑七带着我们离开古城开往虎跳峡。

前一天晚上，松哥说，你们刚到这里，我们建议你们不要多动、不要洗澡、洗头，明天早上你们可以洗了，因为接下来是从3300 米海拔往下走，氧气越来越多，人会越来越舒服。明晚回来也不要洗了，因为是从海拔一千多米向上走，又会缺氧了。

车子出城不久就看到了草原、山坡、树木。路盲的我没有发现，其实我们行驶的道路就是前一天去小中甸秦旺老家的路，只

是在一个岔路口方向变了而已。

一路上，大片的草原，有牛羊在远处默默地啃着草，水草肥美，牛羊沉醉。草甸上一丛丛长势旺盛的狼毒花绽放着一簇簇黄色的花朵，这是我们第一次见到这种花。植物的生命力令人刮目相看，草原的冬天多么漫长而又寒冷，这些草本植物是如何抵挡住恶劣的气候，"春风吹又生"？

高原的风，唤醒大地沉睡的色彩，伏向远处的草原。我们的眼睛，风一样抚过山川，山川沉默着回应流淌着的风。

7月初的香格里拉万木已经复苏，山上的植被出奇地葱茏。黛山飞绿，碧树流青。在水源珍贵的藏区，一汪湖水都被称为"海"。而在藏民的想象中，真正的海是在地底下，在穿越地球的另一端。

车子在草原、山路开了近二个小时，两边越来越陡峭的山势

提醒我们，虎跳峡就要到了。

万里长江第一峡——虎跳峡，位于香格里拉市虎跳峡镇，距香格里拉县城 105 公里，距丽江市 60 公里，是国家级 AAAA 级旅游景区。虎跳峡是长江上游金沙江横穿玉龙雪山（海拔 5596米）和哈巴雪山（海拔 5396 米）而形成的峡谷。峡谷全长 23 公里，江面最窄处仅 20 余米，比降 213 米，峡底与山顶海拔高差3900 米，以其雄、奇、险、峻著称于世，是世界自然遗产"三江并流"主要组成部分。虎跳峡景区包括上、中、下虎跳峡和高路徒步线。其中：上虎跳峡是整个景区的核心部分，垂直高度为 98米；虎跳峡徒步线被誉为"世界十大经典徒步线之一"。

上虎跳峡为虎跳峡江水最湍急的一段。两岸高山耸立，江心雄踞一块 13 米巨石，相传猛虎曾凭借此石一跃过峡，因之得名虎跳石。虎跳石横卧中流，江水从巨石两侧拥挤扑跌而下，如

一道跌瀑高坎徒立眼前，把激流一分为二，水石搏击，如猛虎狂啸、倒峡翻江、声震峡谷、振聋发聩、惊心动魄。

黑七说以前这里地势陡峭，看风景的人都是徒步进来的，需要很大的勇气和健康的体魄，因为有很大的危险。徒步线虎跳峡高路徒步线被誉为"世界十大经典徒步线路之一"，是世界级的徒步圣地。这条路线从香格里拉虎跳峡镇冷独村开始，途中，哈巴、玉龙两山对峙，有高山、激流、峡谷、雪山等景观，还可在沿途山乡客栈享受静谧时光，感受少数民族特有的人文风貌。

中虎跳又称"满天星"，不到5公里的地段内，江水下跌百余米，两岸峭壁环锁，江中礁石林立，江水回奔倒涌，浊浪滔天，雾气空蒙，是峡中险滩最多的地段。

下虎跳两端悬崖绝壁，犹如两道石门，中间三回九转，江水平静，回眺哈巴、玉龙，峰连嶂迭、皑皑白雪，景致美不胜收。

上虎跳开发得较早，路程少且平缓，适合家庭老小一起出行。现在又有了扶梯供游人轻松上下，是游客主要的打卡点。我们因时间和体力关系选择了最轻松的上虎跳。

在沿着山势往下走时，我们看到了岩壁上生长的途中偶有闪现的合欢花。与内地不同的是，在平原地区娇嫩地开出粉色花朵的合欢，在这里却是白色的。也许是高海拔地区紫外线的照射，也许是常年低温的影响，生命在不同的地方以自己的方式绽放着，坚守着属于自己的繁华。

自动扶梯将我们送到了观景台。我们和许多人一样，被眼前的流水震惊了，相机、手机、视频，只想记录下这一刻。眼见峡水激流勇进，没有什么比柔软更有力量，软磨硬泡，使水成了河，之后，便有了奔腾咆哮。站在观景台，阵阵水雾喷到脸上，

让人感受到水的清凉和生命的活力。

黑七说风景好的是中虎跳，中虎跳江中礁石林立，金沙江在不到5千米的地段内下跌百余米。像一条夺关劈隘的苍龙，横冲直撞，惊涛拍岸，浊浪滔天，形成险滩18处，两岸的岩壁如刀削斧砍，峭壁环锁。只是我们无法体验那边的感受了。

天下美景很多，人生渺小而短暂，我们只需实现能够达成的愿望，已是十分庆幸的事了。

百果之中偏爱橘

　　我出生在五月，出生在橘花飘香的黄岩。

　　像所有生活在橘乡的人一样，对橘花的好感，对蜜橘的喜爱，都是与生俱来的。

　　每年暮春时节，整个黄城好像空气中都弥漫着橘花的清香。

　　记得在我小时候，许多人家的房前屋后都有几棵橘树。橘树不高，一年四季都是成荫的绿色，郁郁葱葱，哪怕是冬天有薄雪

◎金海波 摄

覆盖，依然遮不住那苍翠的绿。

而每年"五一"前后，一串串、一簇簇爆米花似的橘花盛开了。整个小城似乎沉浸在馥郁的清香中，香气虽看不见摸不着，无影无踪，却无处不在，无孔不入。

早晨，打开窗户，一阵阵橘花特有的馨香扑面而来，让人立刻精神为之一振；夜晚，漫步在永宁江边的绿道，月明星稀，风柔花香，江水无声流淌，祥和充盈内心。

而若有空到橘园里去走走，沁人心脾的花香萦绕在周身，片片洁白的花瓣飘落发际、肩头、衣袖，如若仙境，似梦似幻。听橘农说，大部分的橘花开完就谢了，能够结果成熟的极其有限。我赞美那些最终成为果实的花朵，它们为人类奉献出美味的嘉果；我也敬重那些转瞬即逝的花朵，生命虽短，它们把清香、美好留在了人们的记忆里。

　　橘子的花期很短，前后不过半个月，那些满城的清香就飘散了。就像我们的生活，大多数时间都是在平淡中度过，盛开的季节极其有限，更多的时候是在默默地付出，耐心地等待。

　　橘子是在我们不知不觉中长大的。其实我们是见过橘花飘落后枝头那些绿色的小生命的，只是它们太小，小到不走近就只能看到叶片。它们太不起眼了。

　　一转眼，夏季过去了。中秋节前后，就有青橘陆续上市了。这时候的橘子，酸多甜少，喜欢吃酸的人就颇为喜爱，维生素的含量很高。

　　我一直觉得，黄岩最美的时节有两个。一个是橘花盛开的五月，再就是橘果成熟的十一月。生命的绽放固然可喜可贺，生命

的成熟愈发可珍可贵。此刻，秋高气爽，暖阳悬空，大地辽阔。橘园里，满眼金黄，一直延绵到视线的尽头。一棵棵橘树挂满沉甸甸的果实，远远看去像一幅幅童话里的画面。橘树下是一担担一筐筐橘农采摘下来的橘子和橘农发自内心的欢欣。

古往今来，从不缺乏吟咏黄岩蜜橘的诗文。"百果之中无此香，青青不待满林霜。明年归侍传柑宴，认取仙乡御爱黄"。南宋黄岩诗人戴复古的这首七绝，浓缩了黄岩人对有着2300多年历史的黄岩蜜橘的喜爱。而理学家朱熹在黄岩讲学时也写下了《次韵吕季克橘堤》："君家池上几时栽，千树玲珑亦富哉。荷尽菊残秋欲老，一年佳处眼中来。"

记得读大学时，同寝室的同学们最高兴的就是我收到父母寄来的橘子。他们来自全国各地，既有东北的，也有福建的，还有山东的、上海的……平日里我们时常也分享彼此家乡的特产，然而到了秋冬季节，来自我家乡的橘子总是她们的最爱。高含量的维生素，让爱美的女生们难以拒绝，更何况那酸酸甜甜的味道，弥漫整个房间，令人味蕾绽开。有人说"唯有爱和美食不可辜负"，说的就是这一刻的感觉吧？

◎鲍启林摄

橘子不仅美味，还全身是宝能入药，可作为天然药物。"一个橘子七味药"，橘皮、橘络、橘核、橘肉、橘叶、枳实、枳壳等都是中药材。橘

皮制成陈皮后，常用于治疗胸腹胀满、不思饮食、咳嗽痰多等症状；《本草纲目拾遗》中记载，橘络具有"通经络滞气、脉胀，驱皮里膜外积痰，活血"之效，橘核则有理气、止痛之功，橘肉更是止咳润肺、疏肝行气的良药。记得老人们说过，如果有人咳嗽，可以用整个橘子放在火上烤熟了吃下，有奇效。一方水土养一方人。在缺医少药的年代，人们以经验和智慧，把一方特产用到了极致。

又是一年橘熟时。我庆幸，我生长在橘乡，我生活在黄岩。

绿水青山都爱着乌岩头

我是在睡梦中来到了乌岩头的。

从地图上看，宁溪镇乌岩头离城区约 35 公里，近一个小时的距离，而在行驶过程中，路况是出奇的好。虽然一路上绿水青山非常吸引人，但是经不住车子的持续行驶，我还是昏昏欲睡了。

当听到大家说到了，乌岩头到了，我睁眼一看，一座古村落果然就在眼前。

一座小桥，一棵古树，一排老房子，路两边青山环抱，首先映入眼帘的就是这样一幅情景。一条小溪穿村而过，沿着溪边往高处走，不远处有一块大石头。人们说，这就是这个村子名字的由来——黑色的大石头。其实我觉得乌岩头这个名字真的是土得掉渣，但是它的土却非常有自己

◎ 苏兹聪 摄

的个性。

　　村头的古树下有一座小桥，桥上有一些卖笋干、土鸡蛋、番薯、番薯肚肚、梅菜干等土特产的老人安静地坐在小椅子上。他们并不叫卖自己的山货，而是静静地等待有兴趣的游人主动问询。

　　老人们说，历史上乌岩头村所在的宁溪镇属黄岩西部重镇，与仙居、临海、永嘉、乐清等数县交壤，而穿村蜿蜒的黄仙古道也让乌岩头村成为了交通便达的重要连接枢纽。乌岩头是清朝中叶兴建的百年传统古村落，也是古时台温私盐古道的一个重要节点。古村三面环山，一面临溪，由4个主要院落、110间清代和民国时期的古建筑群组成，延续了南方畚斗楼的营造法式，建筑

精致、保存完整，成为一个研究南方建筑的范本。悠悠岁月流转，古屋、古桥、古树、古道、古寺构成了这个静谧的古村，一瞬一景，一步一画，让人沉醉。

我们顺着老人指引的方向往高处走，不宽的青石板路把我们带入了一个个台门。当我们走进一间间石头堆砌的房间，一种悠远的气息迎面而来，似乎每个院落都有自己的故事。奇怪的是虽然房子外面就是溪流，但房子里并不潮湿。

早在 2014 年，乌岩头村就已被列入浙江省历史文化村落保护利用重点培育村。那时，这里还名不见经传，有的只是古屋、古树。这些古屋有的已经有 300 多年的历史，陈旧而斑驳。据传，当年陈氏先祖途经此地休憩时，见四周山野葱郁、溪水淙淙，便举家迁此，繁衍生息。

村中古迹众多，保存多达 110 间清代古建筑群。此外，还保留建于三国时期的"演教寺"遗址，是台州建寺最早的九所寺院

之一，也曾被列为"宁溪八景"之一。迷蒙烟雨里，站在高处的观景台往下看，灰色的屋顶连成一片，古意盎然。古屋、古道、古桥、古树寂静斑驳却又交相辉映，它们共同见证了乌岩头村的兴衰变迁，也为世人展现着曾经尘封的魅力。

这一切，离不开"乡村振兴、共同富裕"的大环境。2015年年初，上海同济大学杨贵庆教授及其团队来到黄岩，开始参与乌岩头古村保护和开发利用。他们首先将乌岩头村的110多间老房进行保护性改造，古村建筑延续"畚斗楼"的营造方式，保留老宅外观，优化空间格局，形成"乌岩灰瓦、青山绿水、石桥道地"的风格。

仅仅10年，昔日的"空心村"重新焕发生机，并收获了众多不同类别的荣誉——中国传统村落、国家森林乡村、浙江省AAA级景区村、浙江省"美丽河湖"等，诞生了浙江省"乡村振兴十大模式"中的"能人带动模式"，还被列为全国美丽乡村"千万工程"七个典型案例之一。

如今，古村落里有书吧、茶吧、陶艺制作、扎染等文创工坊，还有见素艺术创作坊和抱朴书院、民宿。我们到来的时候，刚好有一家研学机构在这里搞活动，只见孩子们兴奋地制作陶艺、扎染，玩得不亦乐乎。

我们走到了一个院墙外面，有人让大家猜隔着一条小路的两面墙有什么不同。原来，就是这错落有序的石头建筑，以圆润和凹凸两种风格迥异的外墙形式，浓缩着黄岩、仙居两地的不同建筑文化。

继续向前，就来到了民俗博物馆。这里以晚清时期陈熙瑛三兄弟旧宅为展厅，有展品1500多件，如八抬大轿、春篮担和红木梳妆台等古旧家具，龙袍、刺绣和"三寸金莲"等古代服饰。是啊，正是有了这些记载着生活气息的老物件，沉淀了百年历史的厚与重，成为了黄岩本土民俗文化展示的活力窗口，让古村落有了文化的灵魂。

现在的乌岩头，已从昔日的因交通不便制约发展藏在深山到如今的网红景点，经济发展了，村民致富了，到处充满了诗情画意。暑假期间，不少家长带着孩子来这里感受乡土气息、亲近自然。他们在古树的绿荫下嬉戏玩耍，在清冽的溪水中踏水捉鱼，在路旁的鲜花前陶醉闻香，在狭小的石道追寻蝴蝶；踏上黄仙古道，走过永济桥，穿过古宅民居……

绿水为伴，青山峰拥；倾听鸟鸣，仰望蓝天。

在这满目青山之中，我们呼吸的乌岩头的风也是绿色的。

在这绿色的风里，青山绿水如此眷顾乌岩头！

新叶老叶共香樟

认识香樟是二十九年前的事了。

那个夏天，母亲长眠在九峰山麓。安葬母亲时，墓前有一棵直径半尺粗细的树，别人告诉我，那是樟树。"前樟后柏"，都是吉利的风水树。

其实，关于树的大小，也是后来听别人说的。当时的我，脑子里面一片空白。

以后，每年的正月初二、清明、母亲的忌日，我们都要去山上看看。大家都说，这棵树长得太快了，眼看着要两个人才能围抱过来了。

我觉得，这棵树是在一瞬间长大的，甚至想不起它小时候的模样。父亲说，如果不是附近有个靶场，偶尔会有一些子弹飞到了这棵树上，也许这棵树早就被人砍走、不存在了，这可是做樟木箱的好材料。香樟树有一种特殊的香味，具有驱虫、强心、解热的功效。所以在民间，人们常把香樟树当成景观树、风水树，寓意辟邪、长寿、吉祥如意。

是啊，这些年，我们也曾尝试过在墓地周围栽种一些小树，可每次要不被山洪冲走了，要不被别人挖走了，反正是一棵都没成活。

冬去春来，夏来秋至。在年复一年的岁月轮回中，那棵樟树一直保持着优美的曲线、满目的绿色。抬头望去，仿佛一把圆形的大伞，遮蔽着树下的一切。曾经做过一个梦，以前住过的部队营房老房子在动土木。到山上一看，母亲墓地周围又增加了新坟，而那棵樟树似乎也把枝叶伸展开来，遮盖了更多的、别人"家"的土地……

这以后我注意到，在乡村，许多地方是把年数很久、树体巨大的香樟当作村头的风水树。浙江的好几处风景区都印证了这一点。在一个交通不很发达的县，当地人告诉我们，他们那里在建的高速公路也为保护一棵老樟树而绕道了。

闻到香樟树的花香是在那年四月的义乌。在义乌参加一个笔会期间，黄昏和一群文友散步。走在街上，忽然闻到淡淡的清香。当地人说这是他们市树香樟花的气味。还没见过樟树开花，一时间我很惊讶。与许多好闻的花香不同，香樟花的香味只有走近了才能闻到。

后来我才知道，樟树是许多城市的市树，包括我们所生活的台州。

香樟树还有一个奇特的现象——新叶和老叶，同时存在，"荣辱与共"。当花快开尽的时候，陈年的叶片就渐渐泛红并凋谢了。那是一种很正的红。

记得许多年前，曾在一个男孩子的诗集里看到过一枚红叶做成的书签。处理过的叶子薄如蝉翼，通透、精致、纹理分明。男孩说那是他上大学时一个女孩送的，制作过程很是复杂。先是拾来许多叶子浸泡在水中，直到那些叶子慢慢腐蚀，再从完整的叶子中选出自己喜欢的大小、形状，剔去腐烂的部分，只剩下叶脉

○ 沈 江 摄

经络部分，洗净晾干后夹在书里压平，就成了一枚精美的书签。

后来我才明白：那不是我以为的枫叶，而是香樟树叶；也不是用红墨水浸染成的，而是它本身的色彩。我不知道这个女孩是否做了仅此一枚树叶书签，也不知那枚红叶如今是否已经褪色，但可以想象她在做这件事情时的真诚。还记得那个眼神忧郁的男孩说过，美好的东西大多经历过"凤凰涅槃"。人生有许多美好的东西都是独一无二、不可复制的。此时此刻，彼时彼地，时光会让许多东西淡忘，甚至失落，所以才有那么多的遗憾。

每年的四、五月份，香樟花开了。黄绿色的小花，挨挨挤挤，长满了整个枝头，与嫩绿的新叶构成了春天一道美丽的风景。从树下走过，你会被那种难以形容的香气所包围。你会忍不住地抬头，探寻这些香气的来源，并由衷地感叹这醉人的香气。香樟树的花期很短，才几天的工夫就结束了。凋谢了的米黄色的小小花朵掉在地上，显得更小了。可许多花朵被风一吹，就变成了薄薄的一层，铺在地上，有一种茸茸的感觉。它们不会像叶子那样被风吹着跑，一场雨水，就会让它们变成黄褐色、棕色，渐渐淡出人们的视野。

我没有拾捡过这些细小的落英。任由它们从想来的地方来，也听凭它们到想去的地方去。因为我知道，来年，不管还是不是这些小生命，它们依然会成群结队地共赴新的春天。

沈宝山：百年老字号
药香满橘城

——一段博物馆里的中医药史，
一个家族的百年坚守

　　漫步在黄岩这座千年江南古城的街巷，你会与"沈宝山"不期而见。当夏日的阳光穿过玉兰叶子的缝隙，投射到这个古色古香的百年老字号身上时，关于"沈宝山"的历史与当下的文化拼图就会呈现在眼前。

整体建筑古朴典雅，门面朝南，门两侧挂的是一对贴金瓦联："杏林春暖铺里多妙药，橘井泉香壶中有神丹。"门上方，悬一方金字匾额，民国书坛奇人唐驼所题"沈宝山"三个苍劲挺拔的大字映入眼帘。

这便是百年老店、中华老字号"沈宝山"国医馆，也是浙江省中药文化寻访打卡点、浙江省旅游打卡之地。

当步入医馆大堂，一派明清古风迎面而来，整个厅堂中药的馥郁伴着古樟的清香，恍惚间，仿佛历史回溯到 100 年前……

时光从未远去

我们翻看 1935 年的黄岩旧地图就会发现，在几十家大小药店里，沈宝山的位置就在当时的城中央，与清末的黄岩最繁华的地段相一致。时光飞逝，140 多年过去，沈宝山的新大楼终归还是坐落在县前街附近，从未远离这片黄岩城的核心区域。这家药铺离黄岩人如此之近，几乎是人们的"门前屋后、街坊邻里"。黄岩人买药、看病始终与之息息相关。

2009 年，几经沉浮的沈宝山迎来第四次创业，第四代传人沈雷和沈江在企业家朋友张建均等人的帮助下，重开沈宝山药店。

为了弘扬中医药文化，在新馆"沈宝山"五楼建了博物馆展厅。博物馆进门的展柜摆放着《沈氏尊生书》和《本草纲目》《黄帝内经》两部医书，前者是传统中医丛书，后者讲药性，皆为沈宝山前人于清末收藏。爷爷沈潮增、父亲沈钦馥都是药行学徒出

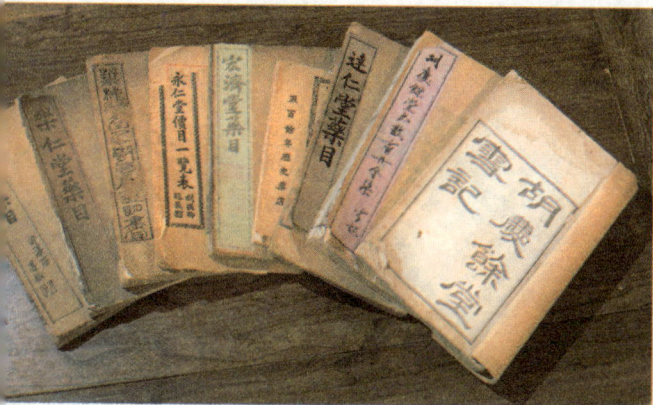

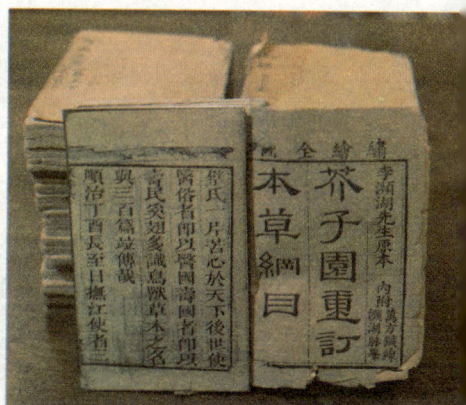

身，懂医识药，一望一闻、一嚼一品，便能辨别品质优劣。此外，还有沈括、沈万山、沈钧儒等沈氏先人们的相关展品。

共6层楼的活态博物馆内有3000多件藏品，其中1949年以前的藏品有700余件，大多是家中保留下来的，有些则是一家人从四处费尽心思搜寻而回。

在浙江省内，像这般以家族药店传承为主的中医药博物馆，为数极少。

当传能传方成

一家药店，如何撑起一座博物馆？

看一看藏品，或许能得出答案。

最能让来客与沈家兄弟产生共鸣的，可能要数昔年沈宝山煎药的药罐。百余年里，沈宝山煎药所用皆是山水，取自黄岩九峰山下的铁米筛井。该井建于北宋，千年井水不竭，水质纯净甘美，至今仍有许多人到此取水家用。

中医对煎药时的水质要求极高。民国时期，沈宝山第二代传人沈潮增实地考察，定下以九峰山水煎药。同时又以山水制作龟板胶、驴皮胶、鹿角胶等膏药，远销上海、杭州、宁波等地。

因为对品质把控严格，沈宝山的中药素有"道地药材"之称。旧时黄岩曾有一个说法，"寻常药店两帖药，才顶沈宝山一帖药效"。1929年的西湖博览会上，该店送展的茯苓、乌药、南星等饮片，曾获得特等奖。杭州胡庆余堂药号经理俞秀章称赞："沈宝山饮片靠硬。"这些传说、旧事都反映出当时的沈宝山规模颇大，行事讲究，管理井然有序。

馆中收藏的几块印章，也可作为印证。还是沈潮增在时立的规矩：出售饮片的柜台设有6人，有"松、鹤、长、春、吉、庆"6枚印章为各人的代号，如有差错，凭印章追究责任。同时店堂卖药两人配套，一人配药，一人校对。可见当时沈宝山已经有较为完善的溯源和分工制度。

沈宝山之名，取的是"品质为宝，信誉如山"之意。除了"品质"，沈宝山对于"信誉"的重视亦可从藏品中一窥。

馆内珍藏的一枚银元，上印"沈宝山"三字。这是因为民国时期银元质量参差不齐，沈潮增借鉴钱庄的验币模式，在店中

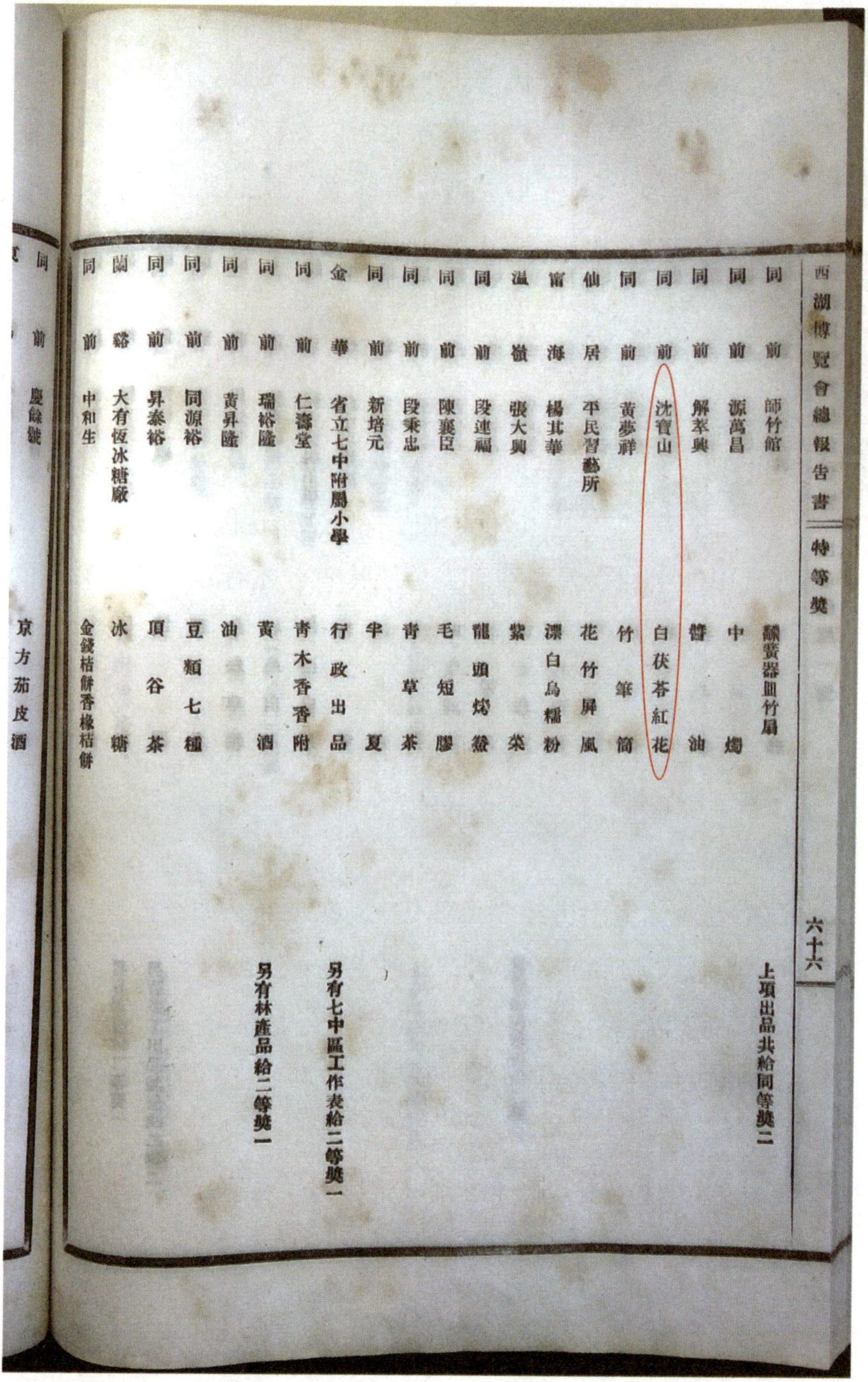
西湖博覽會總報告書 特等獎 六十六

同前	師竹館	籐竹器皿竹扇	上項出品共給同等獎二
同前	源萬昌	中燭	
同前	解萃興	醬油	
同前	沈寶山	白茯苓紅花	
同前	黃夢祥	竹筆筒	
仙居	平民習藝所	花竹屏風	
甯海	楊其華	漂白烏糯粉	
溫嶺	張大興	紫菜	
同前	段連福	龍頭烤鯗	
同前	陳襄臣	毛短膠	
同前	段秉忠	青草茶	
同前	新培元	半夏	
金華	省立七中附屬小學	行政出品	另有七中區工作表給二等獎一
同前	仁壽堂	青木香香附	
同前	瑞裕隆	黃酒	另有林產品給二等獎一
同前	黃昇隆	油	
同前	同源裕	豆類七種	
同前	昇泰裕	項谷茶	
蘭谿	大有恆冰糖廠	冰糖	
同前	中和生	金錢桔餅香櫞桔餅	
同前	慶餘號	京方茄皮酒	

设立鉴币岗位，对收取的成色好、分量优的银元盖上本店墨戳。这样的做法，一来是方便店内点存，二来方便继续流通。这也意味着，盖上墨戳的银元，有了沈宝山以多年信誉背书，可使老百姓放心使用。

史海浮沉，不过百年光景，银元大多已不存于世，又因长者离世，几乎被人遗忘。直到2019年，这枚银元重现，这段前尘往事又一次被沈氏后人翻查出来。

沈宝山能走到今天，唯有当传能传者，才有底气经历时间的考验。

不负初心前行

百年老店沈宝山历经3个朝代、4次创业，如今已是黄岩百姓坊间的历史记忆和文化符号，各种荣誉更是纷至沓来：

1995年，沈宝山载入《中国老字号药业卷》，被国务院国内贸易部命名的"中华老字号"，也是黄岩唯一一家"中华老字号"药店；

2010年，沈宝山被授予"浙江老字号"称号；

2012年，沈宝山被列入浙江省非物质文化遗产保护名录；

2015年，沈宝山被评为浙江省"金牌老字号"；

2017年，第四代传人沈江获中华老字号"华夏工匠奖"荣誉；

第五代传人沈扬设计的沈宝山香包荣获首届北京"紫禁城"杯中华老字号文创大赛大奖；

2018年，沈江一家获全国"书香之家"称号；

2018年、2019年，沈江分别荣获浙江省"优秀掌门人"荣誉称号；

2020年，沈宝山四时中药香包礼盒入选浙江省长三角民间艺术文创产品邀请展并荣获"网络人气奖""优秀产品奖"；

2021年，沈宝山香包荣获"葛洪丹谷"杯浙江省首届香囊设计制作大赛设计类二等奖；

2021年，沈宝山被评为浙江省五星级民生药事服务站；

2022年，沈宝山荣获浙江省抗疫先进老字号；获省老字号文化创新奖；被评为浙江省中医药文化养生旅游示范基地；沈宝山香包成为"浙江有礼"中系列代表浙江文创产品中的伴手礼；

2023年，沈宝山入选2021~2022年度《中国社会办中医百强榜》；

2023年，沈宝山入选台州市第四批中小学生研学实践教育基地名单；

最近，沈宝山又被

商务部评为黄岩唯一的中华老字号……

在他们看来，沈宝山作为中华老字号，不仅只是一家企业，还带着浓厚的社会属性，是台州老百姓心中值得信赖的中医药品牌。他们始终铭记"诚信为本、选料道地、货真价实、特色经营"的店训，在坚持传承的基础上，不断推陈出新。提出"品质为宝、信誉如山、守正创新、造福社会"的新经营理念，其中守正创新是中医药人的时代使命。

中医的守正，即坚守中医的辩证思维和内因学说，坚守中医药天然固本、扶正和未病先治等理念。中医药的创新，即坚持与时俱进，紧跟时代步伐和民众需求，既对秘方验方加以更新创造，也包含中医产品和中医管理制度的创新。守正是中医药的命脉所在，创新是中医药的活力所在。他们以守正促创新、以创新固守正，将原先单纯的药店转型发展为一个综合性的"门诊医馆"、中医药体验馆。

目前，沈宝山已逐步发展成为一家集中西医诊疗、养生保健、教学科研等为一体的综合性医疗机构，不断研发养生保健新产品，实现零售业、医疗服务、自制中药衍生保健产品三大板块产业布局，形成了相互依托、优势互补、整体发展的产业链。

行稳方能致远

百余年来，"沈宝山"的影响力一直无远弗届。

一家药店，凝聚的是一个家族的心血，几代人持之以恒的相守，才能历经百余年依然生机勃勃、风生水起，成为黄岩人引以为傲的"金字招牌"！

为更好地弘扬中医药文化，使其焕发更璀璨夺目的光彩，沈雷、沈江带领沈宝山团队创作了不少以中医药为题材的文艺作品。如第四代传人沈雷的剪纸，第五代传人沈扬的版画，第五代传人沈琳的中草药散文等，还有林海蓓等家人用诗歌、散文、美术、谜语等文学艺术的形式，来传播、普及中医药文化。还计划成立沈宝山中医药文化研究院、设立沈宝山中医药发展基金。同时建立"小小中药师"中医、中医药文化体验营，并与有关企业共同创办中草药体验基地，这是"沈宝山"的特色品牌项目。该项目自2018年开营以来，已举办100余期，惠及2000多组家庭，旨在弘扬中医药文化，传承民族瑰宝，开启学生中医药启蒙之路，使中医药的种子播撒在孩子们幼小的心灵里，以期终将有一

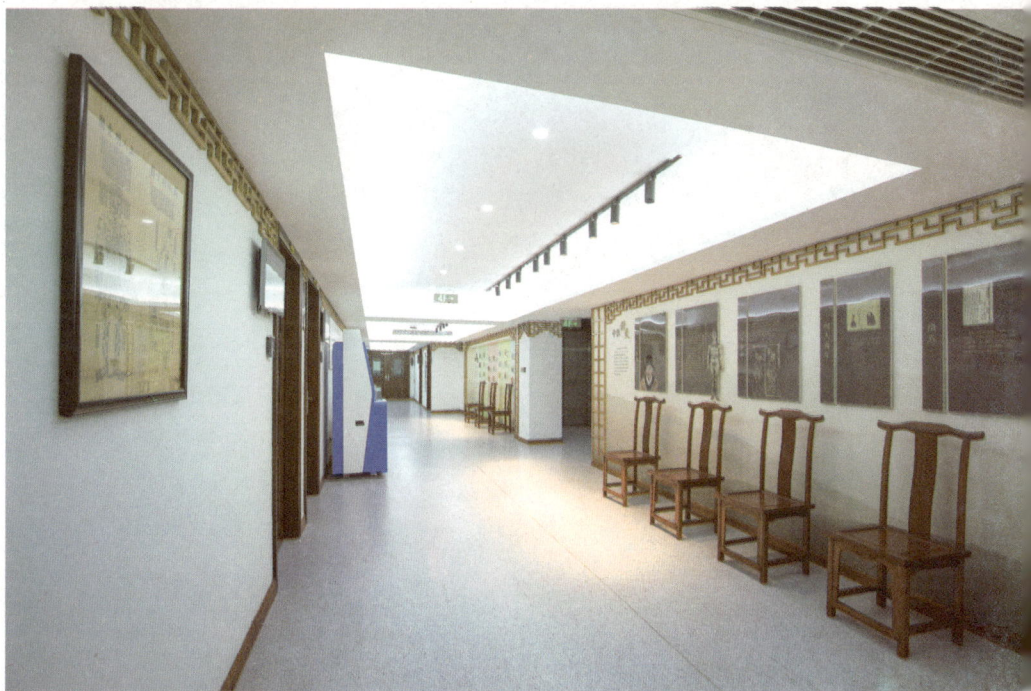

天成为参天大树，让中医药文化这一祖国医学瑰宝代代相传。沈宝山也因此被评为浙江省中医药文化科普教育基地、浙江省药品科普基地、台州市中小学生研学实践教育基地等。

岁月轮转，"沈宝山"已逐渐沉淀为黄岩这座城市的一处文化标识，绘就了一幅光昭日月的岁月长卷。续写沈宝山的千秋事业，道阻且长，行则必至，时间会再次刻印下前行的坐标。

百年老字号，药香闻橘城。让我们一起来奔赴属于"沈宝山"未来之约的"星辰大海"。

金山陵：
好山好水酿好酒

天地的精华

山水的灵气

酿造了这人间醇美的液体

被人们亲切地称为"台州茅台"

是水

却有着火一样的性格

那些朴素的粮食

一旦以温润的形体出现

能够点燃人的血

能够炼就人的魂

……

　　这是我许多年前为台州金山陵酒写的一首诗《金山陵——台州西部的液体金子》。那时年轻，被大家一"鼓励"就会真的"勇往直前"，按照当地的风俗碰了酒杯就真的干杯，不计后果。不过不知道是心情的原因还是身体的原因抑或是酒的原因，56度的

白酒竟也喝了不上头。

因为当了 16 年的记者，对于当地一些上规模有特色的企业自然报道不少，因此也结识了一些埋头苦干的企业家。金山陵酒业有限公司的老总陈怀军就是其中一位。

怀军老总一眼看上去就是那种典型的黄岩西部地区人的形象，热情、朴实，没有多少话，说话做事让人踏实，也就是现在人们说的，是一位靠谱的人。

他接手酒厂也有些年了，之前做过节日灯出口企业。2008年，他与另外两位朋友接手了改制后的酒厂。

浙江台州金山陵酒业有限公司前身是浙江黄岩宁溪酒厂，始创于 1958 年，系浙江省酒类定点生产企业。

公司所在地浙江省台州市黄岩区宁溪镇，人杰地灵。自唐景福年间，大理寺少卿王从德带着 8 姓人家，200 多人迁居宁溪，至今已有 1000 多年的历史，代有贤才，精英辈出。有据可查的名人有：进入国史的 2 人，进入省、府、县志的 13 人，进士 28 人，举人 95 人，解元 1 人，武将 9 人。"小小宁溪街，108 条黄皮带"说的就是在民国期间，宁溪从军人员多，尉官以上军官就有 100 多人。在政界崭露头角的也大有人在，更有化学家王玨、物理学家王天眷、农学家张方域、小儿肾病专家王宝琳等，在学界久负盛名，令宁溪熠熠生辉。

祖师爷王从德带来的酒文化，经世代繁衍，形成了宁溪特有的糟烧白酒的酿造工艺，成为了"江南一绝"。"未必开樽香十里，也应隔壁醉三家"，宁溪有着千年的酿酒传统，积淀下了深厚的酒文化。

金山陵酒厂可以追溯到的历史是清·光绪十一年（1885 年），王从德后人王曰安承办的"王氏水作酒坊"，传到王曰安的后人

王克泊一代的时候（1958年），政府把宁溪所有小酒坊集中经营，组成了"宁溪酿造厂"。改革开放后，1985年，"宁溪酿造厂"改制为"浙江黄岩宁溪酒厂"。酒厂根据所在地"金山脚下、丘陵地带"取名"金山陵"。2008年当地的几位企业家入主酒厂，改制为"浙江台州金山陵酒业有限公司"。

走进金山陵，首先映入眼帘的是堆积如小山的酒坛，再往里走，是酿酒全过程的各个车间：蒸饭车间、发酵车间、榨酒车间、蒸馏车间……年生产量3000余吨糟烧白酒、黄酒、食醋等产品，就是通过洗缸、制粬、炊饭、落缸拌粬、发酵、压榨黄酒、脱槽、酒糟发酵、酒糟蒸馏、出酒、灌酒、黄泥封缸、储藏等一系列工艺完成的。

都说好酒是时间的回味，酒越陈越香。所以酿好的酒要被送到存酒窖藏区、洞藏区、酒银行摆放。在窖藏区，你会看到存放一吨、500斤、100斤、50斤等各种存量的酒缸、酒坛，许多酒缸、酒坛被贴了红色的字条，它们都已经"名花有主"了——一些客户买下来依然存放在这里，为将来嫁女儿、办大事用的。这里既有空间又有存酒环境条件，何乐而不为？看着酒缸上布满的黑乎乎的尘埃，陈总说你们摸一摸，软软的像苔藓一样，这是益生菌，只有在合适的温度、湿度、采光等条件下才会生长出来，越厚越好。看来，我们平时说的时间的尘埃在这里是另外一种含义了。

而当你看到厂区后面小山旁的洞藏区就会感到更惊讶了。

偶有半掩的山洞门看上去很陈旧，露出的酒坛上面布满了挂着厚重"灰尘"般的粗粗的"蜘蛛网"。没有几十年都不可能有这种"效果"——又想到了那句话，唯有时间能沉淀。

金山陵公司厂内建有16个恒温山洞，深度在18米左右，每个洞内存酒数量约1000缸。山洞贮藏区有益菌自然生长。存酒年份最短15年，最长25年。独特洞藏储存环境，恒温恒湿，微生物繁衍，一坛好酒，经过多年的严寒酷暑，熬

187

过与世隔绝的悠悠岁月，美酒在漫漫的时光中，渐渐升华。

2020年金山陵酒业被评为浙江省工业旅游示范基地，设有糟烧酿制技艺体验馆和研学传承基地，"体验酒文化传承工匠精神"，通过组织学生走进酒的世界，培养学生对酒文化的认知、对工匠精神的认知、对中国文化的自信，从而提高学生自己的创新精神、实践能力、文化素养和文明素质。每年接待游客超40000人，有力地促进了乡村振兴、精神共富和文旅融合高质量发展。

厂区里还有初心泉，因"坚持纯粮酿造，用心酿好酒，初心不变"而得名。水井深48米，是60年代时专业地质队挖掘的。

水资源充沛，水质好。初心泉经过两次修复改造，以新面貌呈现在大家眼前。

穿过酒文化过道，我们来到品酒体验馆，这里提供成人品酒，可以感受金山陵纯正粮食酿造的糟烧白酒。当"无色透明、醇香浓郁、柔美爽口、回味悠长"的"台州茅台"端在手中时，远远地就闻到了那股酒香。还有用糯米做的味道纯正、口感极佳的炊饭，许多人节假日就为了吃它专程而来。

近年来，金山陵酒业的"宁溪传统糟烧酿造技艺"已被列入首批浙江省传统工艺振兴项目，是非物质文化遗产传承基地。公

司荣获上海"世博会千年优秀奖""浙江省著名商标""浙江省老字号""浙江省农博会金奖""台州市农业龙头企业""台州市著名商标""台州名牌产品""金牌老字号"等一系列荣誉。2023年，金山陵糟烧白酒通过中国绿色食品认证，成为浙江省唯一一家酒类绿色食品生产企业。

宁溪之秀，在山，群山拥翠，秀丽如画。宁溪之灵，在水，溪流遍布，水脉灵动。正是这好山好水，造就了好酒金山陵。

"好客台州人，待客金山陵"。

宁溪节俗：二月二灯会

　　随着时代的变迁，许多民间习俗、传统节庆慢慢淡出了人们的生活。

　　有时觉得，现在的人们还有一些节庆可以记忆，后人们恐怕只有在书本上、影像资料里了解那些远去的习俗与节庆了吧？

　　而在黄岩西部的千年古镇宁溪，有一个具有 700 多年历史的传统项目，不管外界如何变化，这个全民参与的群众性文化娱乐活动流传至今。

©方庆律 摄

　　每年的农历二月初二，暮色四合，华灯初上。台州市黄岩西部山区宁溪镇上各家各户都已经早早吃罢晚饭，扶老携幼来到镇上最热闹的钟楼路，等待一个激动人心的时刻来临。这时候，街面上已流光溢彩——店铺门前的大红对联、大红灯笼摇曳着喜庆；璀璨夺目的节日灯勾勒出鳞次栉比的楼房轮廓，街道树上缠绕的节日灯五颜六色、光华闪烁，流溢出一种奇幻的色彩。更有卖糖葫芦、瓜子、花生、气球等小贩此起彼伏的吆喝，将人们等待观看一场盛大灯会的心情烘托到了极致。

　　"来了，来了"，伴随着锣鼓声，迎灯的队伍过来了，传统的宫灯、荷花灯、走马灯等各种形状的灯笼在夜幕中闪烁。加入现代元素的唐僧、孙悟空、猪八戒、沙僧等灯惟妙惟肖，动作令人捧腹。闹湖船、台阁等游艺项目边走边舞。舞龙舞狮的队伍更是掀起了一个个小高潮，这时候真可谓：锣鼓喧天冲霄汉，灯光

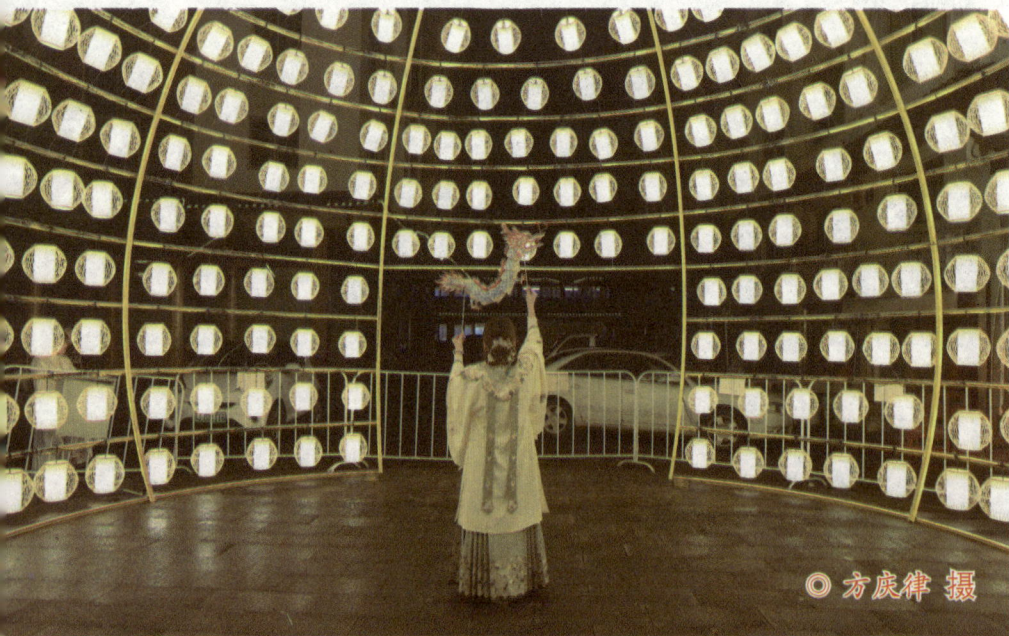

◎ 方庆律 摄

192

铺地映星河。街上人流如织，站在高楼远远看去，只见灯如长龙，人似海潮，前呼后拥，热闹非凡。

老人们说，"二月二灯会"是宁溪独有的民间传统节日。相传在南宋时就已开始，至今已有700多年的历史。全国各地的灯会，一般都安排在"一夜鱼龙舞"的正月十五元宵节，为什么宁溪的灯会活动却在二月初二？

据说因为正月十五元宵节，到处都在举办灯会活动，所以宁溪特意将灯会推迟到二月初二"春龙节"。这样既可以先学习别处的经验，取长补短，又能够让别人也有机会到宁溪来看灯，于是就有了"中华元宵皆三五，宁溪灯会独二二"的独特习俗。在"春龙节"办灯会，又是"龙抬头"之日，因此也含有祈祷风调雨顺，祝愿五谷丰登的美好愿望。

从二月初二到二月初八，宁溪人都会借灯会大宴宾客，不仅要请亲戚们光临观灯，还要请四周的朋友们一起分享这一盛况。不少家庭一连几天都开席宴请宾客，成为一年之中最热闹的时刻。

"六街花灯光铺地，八宅鼓乐音盖天"，这是描写传统宁溪灯会盛况的一副对联。古宁溪街共分为"上宅""下宅"等八宅，每年办灯会由八宅轮流主持。一般都在二月初二日上灯，初八日落灯，到了上灯日，各宅都要高高地竖起一根灯柱，在"T"形的灯架上蔚为壮观地挂上九盏大红灯笼，这就是"九连灯"。另外，每宅还在街口搭建一座"虚空亭"，安放本宅的"保界爷"或"财神爷"。又在旁边筑一间鼓手亭，一群吹鼓手在亭子里从早上一直吹奏到晚上。灯笼高挂，鼓吹声声，灯会热闹喜庆的氛围马上就渲染出来了。

灯会期间，家家户户门口都要贴春联，挂彩灯。传统的彩灯式样也是名目繁多，有纱灯、提灯、玻璃宫灯、荷花灯、稻矮灯、走马灯和各式各样的动物灯等。灯会的第一夜叫闹街，八宅各自组织锣鼓队进行沿街演奏或在自己宅的"虚空亭"内敲锣打鼓，宣告今年"二月二灯会"活动开场，接下来的各夜都要"迎老爷（神像）"。通常在初四夜进行大迎，掀起灯会活动的高潮，因为初四是宁溪集市，周边县市到宁溪赶集之便前来观灯或走亲访友的外来群众特别多。这一夜每宅都要组织一支几百人的队伍参加迎灯，每支队伍由两面敲十三响大锣为前导，称之为"十三记锣"，接着是高举着的长方形"高照"，"高照"后面跟随着大红提灯、龙旗队，紧随在后的舞龙、舞狮、台阁、闹湖船等吸引了众多的目光，然后是令人眼花缭乱的稻矮灯、荷花灯、动物灯等各式各样的彩灯顺次出场。再就是节奏整齐、韵律铿锵的锣鼓队和乐队。抬在最后面的是各宅所奉的"老爷（神像）"。

　　宁溪虽为山区集镇，却有五六条长街，足有五六里长，迎灯绕街一周大约需要两三个小时，迎灯队伍一边走一边表演各种节目。每年都是人山人海，观众如云。

　　当灯的队伍、人的海洋终于在大街上一一走过，观灯回家的人们还沉浸在热闹、欢庆的气氛中，兴犹未尽地谈论着今年灯会的盛况。这时，最具宁溪古文化特色的"作铜锣"悠扬的乐声，正由远而近，缓缓地飘过街头，而后又由近及远地渐渐远去，周而复始，不绝如缕，令人回味无穷的悠悠乐韵，渺若天籁，在开始静寂的夜空中回荡不息，一直持续到天明……

　　"作铜锣"就是演奏铜锣曲，是流传在宁溪民间的大型器乐合奏曲。据宁溪《王氏宗谱》记载，"作铜锣"是南宋咸淳年间曾做过高邮知军的王氏第十一世祖王所所作，同时亦有传说是王所在外做官时传入的，至今也有700多年历史了。

　　"作铜锣"旧称"祝同乐"，相传以前共有三节，现仅存一节，宁溪人称之为"细吹"。它是由一支二三十人组成的演奏队伍，以打击乐器和弦（丝）管乐器组成的民间大型吹打乐，适应夜间游奏。

　　演奏铜锣曲，节拍轻重缓急以敲大鼓者指挥。敲大鼓者左手持一小锣鼓以助节拍，旁边一击鼓者，手持一竹鞭，敲击鼓边，以助节奏，其他打击乐器按节拍旋律穿插敲打；弦管乐人员多少不限，以板胡、笛子为主奏，其他弦管乐器可以穿插装饰音，做到每种乐器层次分明。

　　流传至今的作铜锣曲目仅存一首，即现在的"作铜锣"。全曲只有15个乐句，30个小节，曲调呈下行势，音域也只有12度。尽管如此，却丝毫难以掩盖其独特的艺术魅力，古宫廷音

© 方庆律 摄

乐的韵味与乡土音乐巧妙地融合，赋予了"作铜锣"既雍容华贵，又质朴淡雅，既庄重肃穆，又亲切恬静。因此其曲虽简却不觉其陋，连续反复却令人百听不厌，心旷神怡，万虑俱消。《作铜锣》实乃古色古香之大型民间"交响乐"，是江南民间音乐之一绝。

"作铜锣"是"二月二"灯会期间必定要演奏的音乐之一，不但在迎灯时演奏，迎灯结束后待到午夜时分，一支由三四十名"铜锣会"会员组成的庞大的演奏队伍，以游奏的形式，沿着宁溪镇古宋街及溪畔石径边行走边演奏，山鸣谷应，余音缭绕。

"二月二"灯会成了"作铜锣"长盛不衰的有效载体，而"铜锣会"则是"作铜锣"不可缺少的传承组织。经该镇文化站多方努力，筹集资金，添置部分必需乐器，举办培训活动，"作铜锣"得以进一步发扬光大，并逐步走向舞台。

2006年宁溪镇被评为台州市首批民族民间艺术之乡，同时，"作铜锣"也被列入省民族民间艺术保护项目。2007年，作铜锣被市政府、区政府分别列入台州市、黄岩区首批非物质文化遗产保护名录。

宁溪"二月二灯会"活动形式独特，内容丰富多彩，集民间歌舞、音乐、戏曲、杂耍、游艺等活动于一身，是一次民间艺术的大荟萃，在整个台州都有很大的影响力。

新中国成立后灯会曾一度停止活动，直到1985年才恢复。现在宁溪"二月二灯会"活动，一般3年一大迎，每年一小迎。灯会活动基本上保持原有的历史风貌，但形式有所简化，内容有所拓展，像加入了现代的彩车、节日灯和其他的各类现代文化活动，由原来只有农民参加的民俗活动发展到全民参与的群众性文化娱乐活动。

宁溪二月二灯会不仅是一个民间的传统节日，也是一种具有浓郁地方特色的文化现象。这种文化积淀，就像宁溪的山山水水已深深地融入了人们的心灵深处，成为生活中不可缺少的一部分。

后　记

希望这是一本未完待续的书，因为从接到通知到交稿，仅仅用了 20 天时间，而且中途又外出去了河南驻马店、安徽亳州、云南大理、本省杭州等地。

接到约稿，当时是喜忧参半。喜的是之前出过 5 本诗集，散文类的个人专集还没有出过，一直有这个心愿；忧的是时间太紧迫了，根本来不及准备。好在女儿平时喜欢出游，积累了大量的文字，使我的心里有了底气。更欣喜的是有了一次合作出书的机会。真诚感谢张海君老师、钱国丹老师。

这期间，忙中出乱，存放大量平时积累的外出照片的硬盘找不到了。庆幸的是许多朋友伸出了援助之手，有求必应，将一些精美的照片奉献出来，使这本书有了可能性、可读性。照片提供者分别为（按文章先后顺序排列）：牛博、金雨慕、金海波、罗加亮、柯国盈、陈缅、方庆律、沈江、朱朝安、严佳伟、邱幼棉、何珊珊、金峰、王咪、陶丹萍、高鲁东、郑宏束、鲍启林、苏兹聪。

希望这是一本相互成就的书。文字与摄影一起，把大自然的美、人文的美，展示在大家面前，使没有相遇过的人，在此相遇，没有相遇过的景色，映入有缘人的眼帘。

　　匆忙中完成的这部书稿只是我们想写的一部分，还有许多国内外精彩的地方游记有待继续写作。它们静静地等待，希望有一天能够与更多的朋友分享，在电脑里，在我们的脑海中……

　　期待着……